Kerstin Hensel
Regenbeins Farben

Kerstin Hensel

Regenbeins Farben

Novelle

Luchterhand

*Das Einzige, dessen man schuldig
sein kann, ist, abgelassen zu haben
von seinem Begehren.*

J. L., Psychiater

*Vorbei flieht Erfolg
Das eitle Herdenwild*

J. J., Maler

I

Fünfzehn Uhr drei, unter das karfreitägliche Scheideläuten, das sich nach einem hellen, übermütigen ersten Schwingen rasch erwärmt, zu beruhigender Dumpfheit anschwillt, gleichsam klar und gleichmäßig an Tempo gewinnt, mischt sich das Dröhnen einer Boeing 753, die, von Teneriffa kommend, sich im Endanflug auf die Stadt befindet, im steilen Winkel, keine tausend Meter über dem Hauptweg des Nordfriedhofes. Fünfzehn Uhr vier, im Kirchturm künden die Stöße der Klöppel in feierlichen Triolen vom Kreuzestod, und Frau Regenbein hebt nur kurz, als wolle sie sich der Stetigkeit des Anblickes vergewissern, am Grab ihres Mannes den Kopf zum Himmel, um am unteren Rumpfteil des Flugzeuges auf rotem Grund die weiße Schrift *airberlin* zu entziffern und gleich darauf den Blick wieder zu senken, um den Lärm der Maschine mit Genugtuung gegen das Ausläuten verlieren zu hören, den Nachschlag der Glockentöne in einer Pause von sieben Sekunden im Heulen und Pfeifen der sich absenkenden Boeing wahrzunehmen, obwohl das letzte Läuten die Töne verzerrt, als schwängen die Glocken nicht mehr in ihrer Ordnung. Fünfzehn Uhr fünf trifft das Einrasten des Fahrwerkes der Flug- mit dem Abstellen der Läutemaschine in der Glockenstube zusammen, und Frau Regenbein, die an keinen Gott glaubt, schickt gleich in zwei Richtungen ein Dankgebet.

Sie stellt den Korb Stiefmütterchen und den Blumentopf mit dem Tränenden Herz neben das Grab. Da Ostern dieses Jahr auf Mitte April fällt, ist die Zeit der Krokusse und Narzissen vorbei. Sie sehen aus wie zu Tode getanzte Ballerinen, denkt Karline Regenbein beim Anblick der verrotteten Blüten und Blätter. Sie zupft das Welke von den Stängeln, häuft Erde auf, gräbt neue Löcher und bestückt diese mit Stiefmütterchen. Für das Tränende Herz hat Frau Regenbein noch nicht den richtigen Platz gefunden. Sie drückt den Wurzelballen aus dem Blumentopf, hält die rosa Blütentraube ans Ohr und lauscht. Fünfzehn Uhr sechs. Die Witwe setzt das Herzchengeläut in die Grabmitte, tritt einen Schritt zurück, betrachtet es. Nein, die Pflanze passt nicht zu dem Toten. Zu brav, zu mädchenfarbig, zu symbolisch.

Durch zart begrünte Baumkronen strahlt die Sonne. Linden, Kastanien- und Robinienblüten verzuckern die Luft. Amseln, Sperlinge, Stare hüpfen zwischen den Gräbern, picken nach Knospen, Larven, Insekten, ziehen Würmer aus der Erde. Auf einer Schieferplatte, die Frau Regenbein eigens von einem Gebirgsausflug als Gruß für den Verstorbenen mitgebracht hat, vollführen Kolonnen von Feuerwanzen ihre Paarungsspiele. Am Futterkasten im Rhododendron machen sich Meisen zu schaffen. Seit Jahren wissen die Vögel des Friedhofes die Bequemlichkeit zu schätzen, ganzjährig ihre Nahrung von Menschenhand gereicht zu bekommen. Ein Ringeltaubenpaar versucht, durch das Loch im Futterkasten an die Körner zu gelangen, und gibt das Unternehmen nach einigen plumpen Flügelschlägen auf. Elstern, in einer Fichte ihr Nest mit Fundstücken aus Containern für abgelegten Grabschmuck bestückend, verteidigen sich lauthals gegen den räuberischen Angriff eines Eichelhähers. An einer Birke klopft der Buntspecht sein Futter frei. Frau Regenbein streift die Haarsträhnen hinters Ohr. Lebendige Stille. Kampfkeckern, Spechtpochen, Zwitschern, Tschilpen, Insektengebrumm. Das hauchfeine Bimmeln des Tränenden Herzens. Kein Glockenschlag drängt zwischen die Laute der Natur.

Plötzlich das Brausen des nächsten, sich nähernden Flugzeuges. Erst wie ein Hummelschwarm, doch Sekunden später legt sich das Grollen und Pfeifen der Triebwerke über den vorösterlichen Frieden. Fünfzehn Uhr sieben. Frau Regenbein, als wolle sie sich der stetigen Wiederkehr des Anblickes vergewissern, hebt den Kopf, entziffert am unteren Rumpfteil des im Sinkflug befindlichen Airbus auf weißem Grund die blaue Schrift *Condor* und senkt gleich darauf den Blick wieder. Als Frau Regenbein das Einrasten des Fahrwerkes registriert, durchschießt sie der Gedanke, der Pilot könne durchs Cockpit erspähen, wie keine zweitausend Meter unter ihm eine noch nicht mal fünfzigjährige Witwe ein Grab bepflanzt.

Das rostige Gekrächze des Eichelhähers beendet die kurze Stille, die nach der Landung des Flugzeuges eintritt. Frau Regenbein überlegt, die im Herbst rot blühende, im Winter jedoch vollständig ergraute Erika aus der Erde zu nehmen und gegen robuste Bodendecker einzutauschen. Auch spielt sie mit dem Gedanken, in Kopfhöhe des Leichnams vorbeugend gegen Blattläuse Lavendelbüsche zu platzieren.

Noch hat das Grab keinen Stein. Der Verstorbene, ein landesweit bekannter Fotokünstler, bedarf eines besonderen, durch Bildhauerhände geschaffenen Kunstwerkes. Solange der Stein noch in Arbeit ist, müssen Besucher mit dem provisorischen, von der Friedhofsverwaltung gestellten Schildchen vorliebnehmen, worauf der prominente Name steht: RÜDIGER HABICH.

2

Gegenüber von Rüdiger Habichs noch unfertig gestaltetem Grab befindet sich das Erbbegräbnis der Familie Kilian, die im neunzehnten Jahrhundert auf dem Gebiet der chemischen Industrie nicht ohne Bedeutung gewesen war. Der rötliche Rhyolith, dessen jüngste Inschrift HUBERTUS FREIMUT KILIAN in schwarzen Lettern glänzt, hat eine außergewöhnliche Geschichte. Hubertus Kilians Großvater wollte seinen Ruhm als Firmengründer der »Kilian Lack & Farben AG« in Stein gemeißelt sehen. So ließ er 1880 kurz vor seinem Tod von einem nadelförmigen Felsen am Nordhang des Thüringer Waldes ein Stück des »Kiliansteines« schlagen. Laut einer Sage war dieser entstanden, als vor Zeiten der Teufel seinen Wanderstab vor Wut über die Erfolge des in dieser Gegend wirkenden Missionars Sankt Kilian in die Erde gerammt hatte, wobei die Spitze des Wanderstabes dort stecken blieb. Seit mehreren Generationen schmückt nun der zum Quader geschliffene und polierte Rhyolith die Grabstätte der Fabrikantendynastie.

Frau Regenbein erspäht Frau Müller-Kilian schon von weitem: ein Flapperhut aus gelbem Seidentaft, über dessen schwingender, breit ausladender Krempe sich ein Gelege zierlicher Knöpfe und Kunstperlen befindet. Eingesteckte Federn sowie Blütendekor geben dem Hut etwas Feierliches. Frau Müller-Kilian trägt ihn mit eleganter Selbstverständlichkeit. An keinem ihrer Trauertage konnte sie je etwas davon abhalten, den bunten Kopfschmuck der Pietät zu opfern, zumal sich in ihrer Hutkollektion das ein oder andere schwarze Modell finden ließe. Zwei Jahre schon zeigt sich die Witwe täglich neu behütet. Nur wenn es windstill ist und das Kerosin der im Minutentakt auf dem nahe gelegenen Flugplatz landenden und startenden Flugzeuge als gräuliches Aerosol auf die Kunstwerke niederstäubt, nimmt Frau Müller-Kilian den Hut ab und klopft ihn aus, um ihn gleich wieder auf den Kopf zu setzen.

Sie gedenkt ihres verstorbenen Mannes selten mit Blumen. Er hatte Blumen, außer es handelte sich um Darstellungsmotive hochpreisiger Gemälde, stets abfällig »Gemüse« genannt. Vor dem Grabstein befindet sich eine anthrazitfarbene, mit Klavierlack überzogene Kunststoffschale, darinnen stilvoll arrangierte Gräserstauden. Der Boden ist mit schwarzem Basalt- und weißem Marmorkies nach Art eines Schachbrettes gestaltet. Am Rand der Grabstätte steht eine Bank.

»Meine Liebe, es ist Feiertag!«, ruft Frau Müller-Kilian der in der Erde wühlenden Grabnachbarin zu.

Frau Regenbein hebt die Hand zum Gruß und verharrt in dieser Geste. Jedes Mal fasziniert sie Frau Müller-Kilians Auftritt. Allein der Hut erhebt die Dame über sämtliche Friedhofsbesucher. Heute präsentiert sich Frau Müller-Kilian außerdem in einem exquisiten eierschalenfarbenen Hosenanzug. Um den Hals trägt sie ein von einer Goldberyllspange zusammengehaltenes Seidentuch mit Bienenmotiven, jedes Detail abgestimmt auf die Reflexe von Hut und Haar. Auf hohen Schuhen schreitet die Witwe den Hauptweg entlang. Kurz vor dem Grab ihres Mannes tänzelt sie, als müsse sie der Verwesung, die sich unter ihr vollzieht, etwas entgegensetzen. All das Schöne, Graziöse unterstreicht Frau Müller-Kilians Zuversicht, den eigenen Alterungsprozess abwenden zu können. Ihre rosig temperierten Wangen stellen mädchenhafte Keckheit aus. Fältchen um Mund und Augen scheinen dazu zu dienen, das Jugendliche zu bekräftigen, und die mit rotem Gloss versiegelten Lippen haben gerade jene Fülle, die Obszönes noch nicht erahnen lässt. Frau Müller-Kilian hat ihren siebzigsten Geburtstag bereits mehrfach auf ungewisse Zeit verschoben.

»*Ich* bestimme, wann ich siebzig werde«, lässt sie wissen.

Frau Regenbein bevorzugt Cordhosen, Pullover und

Parka. Klein ist sie, ein spillriges Mädchen, das sich zeit ihres Lebens versagt hat, die eigene Erscheinung in irgendeiner Weise attraktiv zu finden. Die schmalen, zyanösen Lippen lassen andauerndes Frösteln vermuten. Die eng zusammenstehenden, tiefliegenden Augen vermitteln den Eindruck, sie nehme die Welt nur aus dem Hinterhalt wahr. Die kleine Frau Regenbein ist ausgestattet mit spitzbübischer Intelligenz, und sie hat sich mit ihrer körperlichen Geringfügigkeit arrangiert. Die Haare trägt sie schulterlang. Niemals würde sie das Grau wegfärben, niemals mit Make-up, Rouge oder Lippenstift etwas Falsches an sich hervorkehren. Dabei ist Frau Regenbein Kennerin der Farben und hat sich als Malerin in der Stadt einen Namen gemacht. Frau Müller-Kilians Arbeitsleben hingegen war vor langer Zeit gerade mal von einer halben Schreibstelle in einem Tennisclub bestimmt, und das auch nur bis zu dem Tag, als Lackfabrikant und Kunstmäzen Hubertus Freimut Kilian sie in sein Reich entführt hatte.

Mit einem eigens dafür vorgesehenen Tuch wischt Frau Müller-Kilian die Bank vor dem Grab ab, setzt sich darauf, schlägt elegant die Beine übereinander. Wie öfter bei Friedhofsbesuchen transportiert sie in einer Kühltasche einen Kristallkelch sowie einen Piccolo. Heute, zum höchsten Trauertag, darf es Veuve Clicquot sein. In einem stillen Moment zwischen zwei

Maschinen, die ihren Landeanflug beginnen, lässt die Witwe den Korken knallen. Sie gießt den Champagner in den Kelch und erfreut sich an den Perlen, die im schräg durch die Bäume fallenden Licht lebendiger als sonst zu sprudeln scheinen.

»Prost!«, ruft Frau Müller-Kilian zu Frau Regenbein herüber.

3

Mehrere Hektar des weit angelegten Friedhofes sind von frischen Begräbnissen ausgeschlossen. Biotope aus versunkenen Grabsteinen, Moos, Flechten und wuchernden Rankpflanzen sind über Jahrzehnte hin entstanden. Sie dienen Besuchern mehr zur Erholung als zum Totengedenken. Die meisten Areale des Ortes hingegen sind von aktiver Trauerarbeit geprägt.

Am Seitenweg, der links von Rüdiger Habichs Grab Richtung Kriegsgräberstätte führt, hinter Buchenhecken, dennoch gut sichtbar für Frau Regenbein und Frau Müller-Kilian, ist eine dritte Witwe beschäftigt: Ziva Schlott, die vor wenigen Tagen von der Malakademie, ihrer ehemaligen Wirkungsstätte, den fünfundachtzigsten Geburtstag ausgerichtet bekam. Heute kürzt sie mit einer Gartenschere die Triebe des Efeus, der als einzige Pflanze die Grabfläche bedeckt. Es ist ein mühsames Werk für die Kunstwissenschaftlerin, die ihre Gebrechlichkeit hinter einer Fülle dunklen, mit Kordeln zusammengerafften Stoffes verbirgt. Das zerzauste, teils gelockte, teils gesträhnte Haar hat die

Farbe von Terrakotta und scheint wie mit Ziegelmehl gepudert. Durch das Alter sowie obsessiven Zigarettenkonsum ist die Haut am gesamten Körper nachgedunkelt; Daumen, Zeige- und Mittelfinger der rechten Hand sind gar von einer Art umbrafarbenem Leder überzogen. Eine Brille mit getönten Gläsern schützt Zivas Augen vor Licht.

Frau Professor Schlott ächzt, klaubt die abgeschnittenen Efeutriebe auf, wirft sie neben sich. Sie verachtet gärtnerische Grabpflege, da diese in ihren Augen nur der Aufrechterhaltung eines Symbols individualistischer Verlorenheit dient. So etwas kann sie sich nicht erlauben. Zeit für ein Kippchen, denkt sie, nestelt aus dem sie umhüllenden Stoff eine Zigarette, zündet sie mit einem Feuerzeug an, zieht den Rauch durch die Lunge. Dem Genuss folgt ein Hustenanfall, der ihren Leib schüttelt und die Vögel aufschreckt. Nach dem Abklingen des Hustens trocknet sie sich, ohne die Brille abzunehmen, mit einem zerfaserten Papiertaschentuch die Augen. Frau Professor Schlott weiß, dass sie unter Beobachtung steht. Die Witwen auf dem Hauptweg haben sie bereits bemerkt und ihr Zeichen gesendet. Frau Regenbein winkt mit dem Laubbesen. In Frau Müller-Kilians Hand funkelt der Kelch.

»Fröhliches Trauern!«, krächzt Frau Professor Schlott.

Sie wendet sich der durch Moos und Algen verschlierten Sandsteinstele zu, deren kaum mehr lesbare Inschrift PROF. DR. SC. OEC. HARTWIG SCHLOTT dringend einer Auffrischung bedarf.

Das Grollen am Himmel wird zum Dröhnen. Die Luft pfeift. Der Airbus A 319 kommt von Amsterdam. Frau Professor Schlott fällt die Zigarette aus dem Mund. Die Hände gegen die Ohren gepresst, duckt sich die Witwe, und während am Flugzeug über ihr hörbar das Fahrwerk einrastet, summt sie. Eine Melodie bringt sie hervor, die sie seit ihrer Kindheit in sich trägt, ein Kampflied, das sie als Abwehr jeglicher Störung, vor allem aber dieses lärmenden Luftangriffes einsetzt. Sie nimmt die Hände erst von den Ohren, als ihr Summen zusammenklingt mit den Lauten der Vögel und Insekten. Zwischen den Efeuranken schlängelt ein Rauchfaden. Frau Professor Schlott tritt ihn nieder, zündet erneut eine Zigarette an, zieht den Rauch durch die Lunge, hustet. Weil ihr das Gebelfer erneut Tränen in die Augen treibt, erkennt sie den Menschen, der sich zielgerichtet den Hauptweg entlang zum Urnengrabfeld bewegt, erst, nachdem die Witwen Regenbein und Müller-Kilian ihn bereits im Blick haben.

4

Herrn Wettengels Schritte sind schleppend. Er misst fast ein Meter neunzig, hätte ihm die Trauer nicht den Rücken gebuckelt. Trotz der hochgewachsenen Erscheinung verraten die Gliedmaßen starken Knochenbau. Eine Wollmütze schützt den Kopf des Mittfünfzigers vor Kälte und Sonnenlicht. Bereits in Jugendzeiten ist er unfreiwillig zu einer Oberkopfglatze gekommen. Seitdem hegt und pflegt Herr Wettengel ein Band fossiler Lockenpracht, das, die Schläfen am unteren Hinterkopf miteinander verbindend, unter der Mütze hervorquillt. Das sorgsam rasierte Gesicht ist, bis auf die Stirnfalte, glatt und von baccalaurischer Ausstrahlung. Die im Verhältnis zur ebenmäßigen Gesichtsform höckerige Nase trägt eine schwere schwarzgerahmte Brille. Trotz seiner Empfindsamkeit scheint Herr Wettengel aufgrund des sanft gerundeten Amorbogens und der aufwärts gerichteten Mundwinkel auch in größter Niedergeschlagenheit zu lächeln.

Der Weg ist bedeckt von Baumblüten und abgefallenen Kiefernzapfen. Unter Herrn Wettengels Schuhsohlen knackt es. Einmal hält er inne, um den Hosengürtel enger zu schnallen, denn im letzten halben Jahr hat er an Gewicht verloren. Er nimmt die Brille ab, reibt sich Augen, Nase, Wangen. Nach einem von tiefer Müdigkeit zeugenden Seufzer setzt er seinen Weg fort. Beim Anflug der Boeing 777 aus Singapur überläuft ihn ein Schauer. Aber Herr Wettengel kennt das, und er will sich an das Donnern in der Luft gewöhnen.

Die Steine stehen in dreifacher Reihe. Eine Galerie gleichförmiger hellgeflammter Granite, darauf der Namenszug mit Geburts- und Sterbedatum. Wie stets beginnt Herr Wettengel seinen Rundgang an der Koniferenhecke. Jeder Verstorbene ist ihm vom Namen her vertraut, ebenso die Zeichen des Gedenkens. Nur wenige Angehörige überlassen das Grab nach dem Tag der Beisetzung dem natürlichen Wildwuchs. Oft kündet eine Pflanzschale, ein Gesteck oder eine mit frischen Blumen gefüllte Grabvase von Erinnerungsarbeit. Auch pflegt man hier in protestantischen Gegenden unübliche Rituale wie das Ablegen kleiner Steine, das Anzünden von Kerzen oder gar die Verewigung des Davongegangenen in einem Bild oder einer Fotografie. Stein für Stein geht Herr Wettengel ab, betrachtet jeden frontal, von hinten, von der Seite; streicht mit seinen großgliedrigen Fingern über die glänzenden Oberflächen, schüttelt den Kopf angesichts einer Gruppe gipsener Putten oder findet es anrührend amüsant, werden einem Verstorbenen Picknickdosen mit dessen Lieblingsspeisen zugedacht. Hinter der Hecke öffnet sich das Urnenfeld auf eine Wiese, welche wiederum in einen kleinen Wald von Rhododendronbüschen übergeht. Erst nachdem der Witwer die Galerie der Granite prüfend abgeschritten ist, macht er vor dem Stein halt, der an seine Frau erinnert: ODILA WETTENGEL.

Er hat das Grab mit einem Rosenstock, der im Frühsommer gelbrote Blüten trägt, bepflanzt. Er pflegt ihn mit der Hingabe eines Menschen, der den Tod seiner Liebe in der Wiederkehr von etwas Lebendigem ungeschehen zu machen erhofft. Mit einem Schweizer Messer nähert er sich den ersten Neutrieben, die sich ganz oben an den Rosenstängeln zeigen. Jene, die in die falsche Richtung wachsen, schneidet er ab. Als Galerist weiß Herr Wettengel Dingen die optimale Form zu geben, und wie man etwas Unscheinbares zum Wachsen bringt.

Fünfzehn Uhr siebzehn. Herr Wettengel klappt das Messer zusammen. Er zählt schon lange nicht mehr, wie in der ersten Zeit seiner Witwerschaft, die Starts und Landungen der Flugzeuge über ihm – Höllenmaschinen, von denen er jeder den Absturz wünschte, den freien Fall bar jeder Kontrolle, der auf dem Grund des Atemlosen sein Ende findet. Herr Wettengel will sich gewöhnen. Endlich, nach einem Jahr Trauerpflege.

Er hat vor Ort noch Verpflichtungen und setzt seine Schritte bedächtiger als früher. Da der Hemdkragen eng wird, knöpft er ihn auf. Aus den Ärmeln des verblichenen Leinenjacketts, das in glücklichen Zeiten den zur Fülle neigenden Körper getragen hat, hängen die offenen Hemdbündchen.

Herr Wettengels Weg führt zurück auf den Hauptweg entlang der Gräber, die die Damen bestellen. Frau Regenbein, abgestorbene Heidekrautpflanzen in den Kompostcontainer entsorgend, ist die Erste, die ihn jetzt sieht. Ein Stich durchfährt sie, als ob sich im Moment eine lang verwahrte Scham Bahn bricht. Er steht ihr gegenüber: etwas krumm, ein wenig verwegen mit seiner Intelligenzbrille, jedoch von einer Aura bestechender Freundlichkeit umgeben. Er hebt zum Gruß die Hand.

»Ein gesegnetes Fest, meine Damen!«

Karlines Blick fällt auf seine Hemdbündchen. Es rührt sie merkwürdig, als würde diese kleine aufgeknöpfte Sache Intimes andeuten. Vor solchen Gedanken erschrickt Karline. Sie stehen ihr nicht zu. Frische Blumen muss sie auf Rüdigers Grab pflanzen und dem

Karfreitag gerecht werden, an dem ihre Trauer mehr bedeutet als die Ouvertüre einer dahinplätschernden Alltagssinfonie.

Doch nicht nur Frau Regenbeins Blick macht sich an Herrn Wettengels losen Hemdbündchen fest. Auch Frau Müller-Kilian hat die Nachlässigkeit erfasst. Allerdings mit der ihr eigenen unversöhnlichen Schärfe. Der Gedanke durchfährt sie, dass sie dem Witwer Manschettenknöpfe schenken sollte, goldene, mit Perlmuttgemmen verzierte, wie sie ihr Gatte Hubertus getragen hatte. Sie hofft, dass Wettengel ebenso das Hemd mit dem abgeniffelten Kragenrand gegen ein von ihr zu überreichendes Versace-Modell sowie das kindische Wollmützchen gegen einen Borsalino eintauschen wird. Ostern wäre Gelegenheit dazu.

Frau Müller-Kilian füllt den Champagnerkelch, erhebt sich, in den Knien zitternd, von der Bank. Sie lockert das Halstuch, tritt zwischen Herrn Wettengel und Frau Regenbein. In diesem Moment kreuzt Frau Professor Schlott den Weg. Wettengel winkelt, ohne dass es seine Absicht ist, den rechten Arm an. Frau Professor hängt sich an ihn.

»Da sind wir«, verkündet sie, als hätte sie an der Seite des Mannes einen weiten Weg beschritten.

»Fein«, sagt Frau Müller-Kilian.

Herr Wettengel errötet. Höflich, doch entschieden, befreit er sich aus der Klammer seiner Begleiterin, verschränkt die Arme auf dem Rücken, lächelt. Es ist dieser scheu verlegene Ausdruck, der, seine Lippen umspielend, Frau Müller-Kilian ein Gefühl bereitet.

Seit sie dem Galeristen das erste Mal begegnet ist, hat sie dieses Lächeln bezaubert. Von jenem Augenblick an schien es ihr zu gelten, da es mit seiner Mischung aus Verlegenheit und feiner Ironie unverhohlen Sympathie bezeugte. Herr Wettengel hatte damals nicht, wie es andere taten, die Komödie ihres Daseins belacht, sondern sie mit dem heiter versöhnlichen Ausdruck, der seine Lippen umspielte, in ihrer Existenz bestärkt. So kam es, dass Frau Müller-Kilian den Wunsch hegte, Hubertus Freimut Kilian, der für seine Sammlung moderner Kunst Bilder und Skulpturen bei Wettengel erhandelte, werde, neben all den teuren Werken, das Lächeln des Galeristen erstehen. Für sie, seine Gattin, die fremd, aber stets treu an seiner Seite stand.

Der Traum, Wettengels Lächeln zu erwerben, war einem irrwitzigen Überfluss und schrecklicher Leere geschuldet. Das weiß Frau Müller-Kilian heute. Doch sie weiß auch, dass nicht erfüllte Träume wieder hochgeholt werden können. An einem Schicksalsfaden, entlang einer berauschenden Linie, woran auch immer.

Herr Wettengel lächelt in die Ferne. Seit dem Tod seiner Frau ist es ihm unangenehm, seinem Gegenüber in die Augen zu schauen, vor allem, wenn es weiblich ist. Mit der Zeit ist seine Scheu gewachsen, wiewohl er durchaus ein Wunschbild zärtlicher Zuwendung in seiner inneren Galerie ausstellt. Er nimmt die Hände vom Rücken, nestelt an den Außentaschen des Jacketts. Abermals fällt Frau Regenbeins Blick auf die Hemdbündchen. Als ob es etwas bedeutet, folgt sie den Bewegungen von Wettengels Händen und fixiert die auf den Handrücken vortretenden Venen. Sie suggerieren Zupackendes.

Herr Wettengel streckt Frau Regenbein die Hand entgegen. Sie zögert, sie anzunehmen. Geniert sich wegen ihrer von Erdarbeit beschmutzten Finger. Außerdem ahnt sie, dass dem Mann eben ein Fauxpas unterlaufen ist. Ist sie doch mit ihren neunundvierzig Jahren die Jüngste und gerade erst aufgenommen worden in den eingeschworenen Kreis Hinterbliebener. Deren Treffen auf dem Friedhof Tradition bezeugt. Die sich aus der Nachbarschaft und von Berufs wegen vertraut sind. Denen der Tod eine tröstende Gemeinschaft organisiert hat. Trotz allem greift Frau Regenbein Wettengels Hand und, als müsse sie ihm die Entschuldigung für seine Taktlosigkeit abnehmen, stellt sie sich vor: »Karline Regenbein.«

Herr Wettengel blickt sie erstaunt an.

»Bin ich so leicht zu vergessen?«, fragt er.

Karline Regenbein erblasst.

»Entschuldigen Sie, ich bin etwas durcheinander«, sagt sie.

»Kein Wunder bei dem, was Sie durchgemacht haben.«

Der Händedruck zwischen ihr und ihm ist fest.

Frau Professor Schlotts erneuter Versuch, sich bei Herrn Wettengel abzustützen, misslingt. Obwohl es ihn nach wie vor mit Stolz erfüllt, Stütze einer so bekannten Persönlichkeit zu sein, macht er lieber einen Schritt auf Frau Müller-Kilian zu, als sich tieferer Vertraulichkeit der Professorin auszusetzen. Frau Müller-Kilian bemerkt das Lächeln, das Wettengels Gesicht überzieht. Leider meint es diesmal nicht sie, sondern die kleine maushafte Witwe Regenbein, die in ihren Augen geschmacklos gekleidet ist und mit solch moralischer Beflissenheit das Grab ihres Fotografen-Gatten bestellt, dass es peinlich wirkt.

»Frau Regenbein und ich schulden uns noch etwas«, versucht Herr Wettengel, seinen abschweifenden Blick zu erklären.

Albernes Lachen entfährt Frau Müller-Kilian.

»Schulden!«, ruft sie. »Was Sie nicht sagen! Ein Friedhof ist doch kein Kunsthandel. Da redet man nicht über Geschäfte. Da trauert man. Und trinkt ein bisschen aufs eigene Wohl, nicht wahr? Oder wollen

Sie mehr von unserer Jüngsten? Sie ist bestimmt noch keine fünfzig.«

»Sie doch auch nicht!«, meint Herr Wettengel.

Am liebsten würde er sich seine Wollmütze zwischen die Zähne stopfen, um die Ausfälle verlogener Komplimente, die ihn bei allzu vielen Gelegenheiten ereilen, zu unterbinden. Frau Müller-Kilian füllt den Kelch bis zum Rand mit Veuve Clicquot.

»Danke«, haucht sie.

Herr Wettengel lächelt. Wir schulden uns noch etwas, denkt Frau Müller-Kilian. Sie trinkt sich Mut an. Mit dem Nektar, der aus ihrer verzückten Stimmung heraussprudelt. Die Bienen auf ihrem Flapperhut beginnen zu summen.

»Sie sehen bezaubernd aus«, hört sich Wettengel sagen.

»Und ich?«

Frau Professor Schlott bläst ihm Zigarettenrauch ins Gesicht. Wettengel ist so höflich, sich diese Bosheit nicht zu verbitten. Stattdessen sagt er beinahe übermütig: »Meine Damen, Sie müssen nicht um Liebenswürdigkeit wetteifern. Ich freue mich, dass wir uns hier zufällig in solch passender Gemeinschaft finden. Wir sind ein entzückendes Quartett, nicht wahr? Wir kennen uns, wir haben Gleiches erfahren, wir wissen, was uns dieser Ort bedeutet. Und wir wissen, dass wir das Leben nur mit einer Währung bezahlen: mit dem Leben. Wie wäre es, wenn wir *Du* zueinander sagen? Ich finde, es wird Zeit. Ich heiße Eduard.«

Als hätte Frau Müller-Kilian solche Offerte erwartet, hält sie Herrn Wettengel sogleich den Kelch vor die Nase. In die ihrem Inneren entsteigende alkoholische Wolke raunt sie: »Sehr gern. Ich bin Lore. Lore, die Verlorene. Wir schulden uns ebenfalls etwas, nicht wahr, E-du-ard?«

Wettengel zögert, den Kelch zu ergreifen. Lore Müller-Kilian fasst die Hand des Witwers und zwingt ihn, das Gefäß an den Mund zu führen. Er dreht den Kopf weg. Der Kelch fällt zu Boden, zerbricht.

»Es tut mir leid«, sagt Wettengel, »es tut mir wirklich leid, das wollte ich nicht. Ich bin ein Tollpatsch.«

Stumm betrachtet Frau Müller-Kilian die auf dem Weg verteilten Scherben. Sie hebt den Hut vom Haar und senkt den Kopf, als würde die Trauer um den zerbrochenen Kelch die um ihren Mann übertreffen.

»Böhmisches Kristall, achtzehntes Jahrhundert«, sagt sie mit verzagter Stimme.

Wettengel versichert, bei einem befreundeten Antikhändler ein ähnliches Kleinod mühelos erstehen zu können. Als wolle er beweisen, dass er es ernst meint, sammelt er die Scherben auf. Karline Regenbein hilft ihm dabei. Da entfährt Lore ein hochstimmiges Gelächter. Bevor der Galerist ausweichen kann, drückt ihm die Witwe seines ehemals besten Kunden einen Kuss auf die Lippen und haucht: »Eduard – das klingt nach englischem Königshaus. Wettengel – oh, da höre ich eine Mischung aus Spielhölle und Himmelsglück. Du hast einen betörenden Namen!«

»Und du hast einen im Tee!«, zischt Ziva Schlott, »Eduard und ich kennen uns seit fünfzig Jahren. Er war mein Beststudent, ich seine Mentorin!«

Wettengel schmeckt das Aroma des Lippenstiftes, den Lores Kuss auf seinen Lippen hinterlassen hat. Er inhaliert den Rauch von Zivas Zigarette. Sein Blick streift Karline, dann schickt er ihn Richtung Himmel. Hinter Zivas Brillengläsern funkelt es.

»Entschuldigen Sie bitte«, sagt Wettengel zu Ziva, »ich wollte Ihnen mit meinem Angebot nicht zu nahetreten. Wenn ich nur wüsste, was in mich gefahren ist.«

»Du kannst mir gar nicht nahe genug sein«, entgegnet Ziva mit ungewohnt milder Stimme, »dein Du nehme ich gern an.«

Wettengel, verblüfft und erleichtert, bedankt sich bei der Professorin mit einer raschen Umarmung. So kündet er seinen Aufbruch an.

Lore Müller-Kilian will das Flüchtige solcher Verabschiedungsgeste vermeiden, indem sie mit der Freiheit einer Betrunkenen die Hemdbündchen des Witwers zu fassen versucht.

»Ich habe kostbare Manschettenknöpfe geerbt. Sie würden gut zu dir passen«, haucht sie.

Wettengel zieht die Hände zurück und sagt: »Gewiss, aber ich stehe in deiner Schuld. Beim nächsten Mal bringe ich ein neues Glas mit, versprochen.«

»Wenn dieses nächste Mal bei mir zu Hause stattfindet, nur wir beide, du und ich, weihen wir es mit Champagner ein«, schlägt Lore vor.

»Machen wir«, verspricht Wettengel.

Ziva Schlott bläst ihm eine weitere Qualmwolke ins Gesicht. Er bleibt höflich, lächelt. Die Umarmung, die er Lore Müller-Kilian zugesteht, beschränkt sich auf eine Andeutung, zumal er die ausladende Hutkrempe für eine nachvollziehbare Begründung hält. Mit Karline Regenbein jedoch, die verwundert alles beobachtet hat, macht er etwas, das die altgedienten Witwen verdutzt registrieren: Er zieht Karline an sich und drückt ihren Kopf sanft gegen seine Brust. Dann eilt er davon, ohne sich noch einmal umzublicken.

Die von der automatischen Schaltuhr der Kirche ausgelösten Glockenschläge bedeuten für die Versammelten nur ein profanes Zeichen der Vollendung einer Stunde, ihrer Stunde, in der sie eine Allianz gebildet, ihre Freundschaft besiegelt haben, als kurz nach sechzehn Uhr abermals eine Boeing 757 der *airberlin* die Töne kreuzt, eine brutale, gleichsam zum Leben gehörende Störung der Erinnerung, die jedoch heute, am Tag höchsten Leidens, die Trauernden heftiger als sonst durchströmt, deren Gedanken mit Erwartung befeuert, ungeahnt, aufmüpfig gegen die Zeit, die unablässig aus den Tiefen ins Bewusstsein dringt.

5

Hanne Regenbein hatte in der Paketannahme der Deutschen Post gearbeitet. Tochter Karline liebte es, samstags, wenn der Kindergarten geschlossen hatte, in Mutters Obhut bis mittags in der Postfiliale zu bleiben. Es gab dort Töpfe, Schüsseln, Gläser, Tuben, die das Mädchen interessierten. Da war der weiße, säuerlich riechende Mehlkleister, der honiggelbe Büroleim, benzolwürziger Karton- und acetonflüchtiger Alleskleber, sowie Karlines Favorit: Knochenleim. Ein Emailletopf voll warmem, karamellbraunem, tierisch stinkendem Sirup. Mutter gestattete dem Mädchen, den Leim zu rühren, und mittels Leimpinsel durfte sie ihn zum Festkleben von Etiketten auf Päckchen und Pakete streichen.

»Du wirst mal eine ganz Tüchtige«, hatte Mutter behauptet.

Karline war tüchtig, doch begehrte sie mehr als reinen Fleiß. Auf ausrangierte Pappen tropfte sie aus Kleistern, Klebern und Leimen zufällige Formen, verstrich sie zu kindlichen Gestalten und verkündete stolz: »Blume, Sonne, Mama.«

»Unsre Maus hat'n Schuss weg«, meinte Vater Karl, als sich herausstellte, dass seine Tochter das Malen mit Klebstoff zu ihrer Lieblingsbeschäftigung erkoren hatte.

Um in seiner Liebe nicht hintenanzustehen, nährte auch er Karlines Leidenschaft, trieb sie gar in gefährliche Höhen. Als Walzenfahrer beim Straßenbau hatte Karl Regenbein Zugriff auf noch ungewöhnlichere Malmittel als Leim: Teer, Bitumen, Flüssigbeton. Je ein Gläschen voll genügte dem Kind, um glänzende Dunkelmuster auf Papier zu zaubern. Sie rochen gasig, kalkig, schwefelscharf: Regenbeins Farben. Zu den Teerbildern sagte die kleine Künstlerin: »Straße, Wasser, Papa.«

War die Malstunde beendet, wurde die Wohnung gelüftet. Festhaftende Teerspuren auf Karlines Händen rieb Hanne mit Butter ab. Die Eltern liebten ihre Tochter herzlich und ohne viel Bedenken.

Im Kindergarten lernte Karline Buntstifte und Wasserfarben zu gebrauchen. Es war ihr nicht genug, sodass sie zu Hause auf die Werkstoffe ihrer Eltern zurückgriff. Bis Karline eines Tages mit rasselnder Lunge und Übelkeit ins Krankenhaus gebracht wurde. Nachdem die Ärzte ein Inhalationstrauma diagnostiziert hatten, bekam Familie Regenbein Besuch von der Sozialfürsorge. Man überprüfte die Verhältnisse. Es gab kein Kinderzimmer, dafür in der Wohnstube eine

Spielecke, die besonderes Spielzeug zu bieten hatte. Stolz zeigte Karline ihre mit Teer und Bitumen gemalten Bilder.

»Normal ist das nicht«, urteilte die Fürsorgerin.

Als sie die Gläschen mit den Malmitteln beschlagnahmen wollte, wehrte sich Karl: »Das gehört dem Betrieb!«

Hanne erhielt Auflagen für die Erziehung ihres Kindes, Karl eine Verwarnung wegen Diebstahls von Volkseigentum. Familie Regenbein stand von nun an unter Beobachtung.

Karline malte sich durch ihre Kindheit. Sie sei eigen und ungesellig, behaupteten Erzieherinnen. Auch war Karlines Nachname oft Anlass für Spott, den das Kind über sich ergehen lassen musste. Keiner der Familie konnte sagen, was der Name Regenbein bedeutete und woher er kam. Von Ostpreußen war die Rede, doch Karls Vater, der von dort stammte, gab es nicht mehr. Kindergekreisch: *Regenbein Hühnerklein! Regenbein, was soll das sein?* Karline malte die Antwort: Beine im Regen, regnende Beine von Menschen, von Tieren, als Aquarell, in Tempera, als Buntstiftzeichnung. Spinnefix hatte Karl seine Tochter genannt.

Mutter Hanne: »Das kommt von den Dämpfen, hat der Doktor gesagt. Unsre Maus kann ja später mal bei der Post anfangen. Bei der Zustellung, wo's nicht stinkt.«

In der Schule besuchte Karline Regenbein die Arbeitsgemeinschaft Kunsterziehung. Anfangs übte sie nach Vorgaben der Leiterin, woraufhin man ihr Talent bescheinigte. Es dauerte nicht lange, da brach Karline aus. Sie zeichnete über den Rand des Papieres, kleckste verwegene Muster, verschmierte geforderte Wirklichkeitstreue. Sie steckte andere Schüler mit ihrem Eifer an und wurde von ihnen bewundert. Hausbesuche der Lehrer brachten keine Erklärung für Karlines Ungehorsam. Hanne und Karl verstanden nicht, worüber die Lehrer klagten. Sie ließen ihre Tochter tun, was sie wollte. Solange sie satt und gesund war. Aus der Arbeitsgemeinschaft wurde Karline ausgeschlossen. Im Fach Kunsterziehung erhielt sie die Note »Genügend«.

Nach Abschluss der Oberschule absolvierte Karline Regenbein eine Lehre bei der Deutschen Post. Sie trug Päckchen, Briefe, Telegramme aus, bediente am Schalter und vermittelte Ferngespräche. Jede freie Minute widmete sie sich ihrer Kunst.

Einmal, beim Pressefest auf dem Marktplatz, kam ihr die Idee, ihr Können auf der Straße zu zeigen. Mit bunter Kreide bearbeitete Karline Kopfsteine, Wegplatten, Bürgersteige: kritzelte Fratzen, abstrakte Gebilde, komische Männlein, was ihr gerade einfiel. Neugierige versammelten sich um die Künstlerin. Manche baten darum, mitmachen zu dürfen.

Die Kreide war noch nicht verbraucht, da wurde Karline Regenbein von Genossen der Volkspolizei abgeführt. Zwölf Stunden lang Gewahrsam. Auf die Frage, warum sie rowdyhaft die Stadt verunreinigt habe, antwortete sie mit Schulterzucken. Auf die Frage, ob es weitere Pläne oder Mitstreiter gäbe, antwortete sie wahrheitsgemäß: »Nein.«

Bei der Entlassung aus dem Revier legte man Karline ans Herz: »Gehen Sie Ihrem Hobby zukünftig nicht unerlaubt in der Öffentlichkeit nach. Sie haben Talent. Besuchen Sie den Kunstzirkel des Kulturbundes. Da wird man sich um Sie kümmern. Später vielleicht, wer weiß, werden Sie Verbandsmitglied. Dann dürfen Sie zeigen, was Sie können. Verstehen Sie uns, Fräulein Regenbein?«

Regenbein, wer soll das sein? Karline hatte den Vorfall ihren Eltern erzählt. Vater schimpfte die Polizisten Hornochsen. Mutter fürchtete, Karline würde eine *Politische* werden, und forderte, sie solle den Kinderkram einstellen, den Mund halten, sich um ihre Lehre kümmern. Arbeit habe noch keinem geschadet. Hanne und Karl liebten ihre Tochter von Herzen.

Noch bevor sich die Zeiten wendeten, eröffneten sich für Karline Wege aus der klebrigen Stupidität des Brotberufes. Regelmäßig besuchte sie den Kunstzirkel, wo man ihr Handwerk und Prinzipien beizubringen hoffte. Sie nahm, was sie brauchte. Der Zirkelleiter, ein berentetes Verbandsmitglied, machte Karline Mut, indem er an ihr zweifelte: Er möge ihre Bilder nicht sehen und müsse dennoch ständig hingucken.

Mit neunzehn zog sie von zu Hause aus, in die Wohnung eines Ingenieurs, den sie als Postkunden kennengelernt hatte. Er war geschieden, hatte drei Kinder, hieß Karl wie ihr Vater und trug wie er einen Schnauzbart. Nur war Karl der Zweite nicht so schweigsam, sondern plauderte über sich und die Welt, die sich bald als ebenso klein entpuppte wie die, der Karline entfliehen wollte. Arbeit, Feierabend, Fernsehen, Schlaf.

»Ich halt's bei uns nicht aus«, hatte Karline nach einem Jahr Gemeinsamkeit geklagt. Karl versprach ihr: »Im Sommer fahren wir an den Balaton.«

Im Sommer verhängte die Deutsche Post aufgrund Personalmangels Urlaubsverbot. Auch über Karline. Sie fuhr dennoch mit ihrem Freund nach Ungarn. Das Paar machte Ausflüge und schlief im Zelt. Ihre Liebe war warm und flach wie das Gewässer, in dem man badete. Karline zeichnete ein paar Bleistiftskizzen vom See und verwarf sie. Als das Paar von der Reise zurückkehrte, wurde die Postarbeiterin von der Betriebsleitung wegen unerlaubten Fehlens am Arbeitsplatz abgemahnt. Die Strafe im Paketlager trat sie nie an. Karline kündigte ihr Arbeitsverhältnis und erklärte dem Freund: »Ich muss malen. Und zwar Bilder, nicht Wände.«

»Wieso musst du?«

Der Ingenieur kannte Karline. Sie hatte mit Briefmarken, Stempeln und Leim zu tun gehabt. Tüchtig war sie, lieb, ein zurückhaltendes Mädchen mit einer Spur Witz. Sie forschte im Älteren nach etwas, was ihm schmeichelte. Sie hoffte, etwas mit ihm erleben zu können, das sie Männern ihres Alters nicht zutraute. Jetzt musste sie malen. Einen Spleen hat sie, dachte Karl der Zweite.

Karline hatte unbändige Lust. Malen war etwas, das sie nicht, wie andere Künstler, im Trotz gegen die Verhältnisse verfolgte, sondern, um Träume festzuhalten und ihrer Zukunft Farbe zu geben. Um Liebe zu finden, die ihr entsprach. Im Möbel-An-und-Verkauf erstand sie eine Staffelei, nebst einer Kiste gebrauchter Malutensilien. Sie stellte die Staffelei in eine Ecke der Wohnküche, spannte Leinwand auf einen Keilrahmen, erwärmte einen Topf mit Wasser. Dahinein gab sie Hasenleimgranulat, das sie zu halbflüssiger Paste verrührte, womit sie in kreisförmigen Pinselbewegungen die Leinwand bestrich. Das war die erste Phase. Die zweite und dritte folgten. Am Abend, als Karl der Zweite von der Arbeit heimkam, war die Grundierung fertig.

»Was stinkt hier?«, fragte er.

Sie lüftete die Küche. Nach dem Abendbrot legte Karline ihren Kopf auf Karls Schoß. Er hatte manchmal ihr Haar gestreichelt. Jetzt unterließ er es. Am Morgen roch es in der Wohnung nach Ölfarbe, Firnis, Terpentin. Karl teilte Karline mit, er mache eine Dienstreise. Eine Woche später, als er zurückkehrte, erblickte er das fertige Bild.

»Ich verstehe es nicht«, sagte er.

»Ich auch nicht«, sagte Karline.

Er sprach ihr die Kündigung aus. Seine Kinder, behauptete er, brauchten ihn. Seine Ex-Frau hätte sich auf alte Zugehörigkeit besonnen und würde zu ihm zurückkehren. Karline war freigelassen. Als letzte versöhnende Tat besorgte ihr Karl über Beziehungen eine kleine Dachgeschossbleibe. Ohne Karls Geldzuschuss jedoch konnte Karline kaum die Miete aufbringen. Sie heuerte wieder bei der Deutschen Post halbtags als Briefzustellerin an. In jeder freien Stunde malte und zeichnete sie. Karline reichte ihre Bilder für einen Amateurkunstwettbewerb ein, gewann den ersten Preis sowie die Möglichkeit einer Einzelausstellung im Haus des Kulturbundes.

Sie lebte mit wenig Geld und dem Blick nach vorn. Mitunter saßen Männer bei Karline, die sich ebenfalls in verschiedenen Künsten versuchten und in der Liebe, die sie von Karline erflehten. Doch entpuppten sich die Männer einer nach dem anderen als Seelenbettler. Sie waren krank, ihre Liebesbezeugungen Hilferufe, ihre Zärtlichkeiten Bestechung. Manch einer suchte bei Karline Unterschlupf, in der Hoffnung, sie nähre ihn mit Brot, Wein und Zuversicht auf Heilung. Karlines Bildern wichen die Männer aus, auch wenn die Malerin hoffte, sie mögen sie als ihr zugehörig verstehen. Hatte Karline einen Abgestürzten aufgerichtet, verließ er sie, um sich bald in der Verbindung mit einer anderen Frau zu zeigen. Karline verdross solcher Betrug derart, dass sie ihre Wohnung nach jeder Trennung wochenlang eremitisch bewohnte und nur ihre Bilder mit Menschen belebte.

Die Zeit hatte sich gedreht. Das Land war plötzlich weit. Die Deutsche Post baute Personal ab. Von nun an bekam Karline mehrere Stunden Freizeit geschenkt. Es dauerte nicht lange, da war ein Kunstsammler vom Bodensee durch die neu eröffneten Lande gezogen und hatte, auf Untergründiges spezialisiert, hier und da Werke von entsprechenden Künstlern gekauft. Auch von Karline Regenbein, über deren »magisch naives Widerstandspotential« er ins Schwärmen geriet. Gelegentlich hingen Exponate von ihr in Sammelausstellungen. Karline Regenbeins Name tauchte in Rezensionen und Katalogen auf. Selten zeigte sie sich auf irgendeinem Ereignis, das die Künste feierte; doch das

Geld auf ihrem Konto trug Zinsen, die immerhin die Miete abdeckten. Karline war glücklich und gleichsam bestürzt über die Umbildungen ihres Befindens. Auch wandte sie sich einer neuen Liebe zu.

6

Die letzten Fotos, die Rüdiger Habich mit seiner Spiegelreflexkamera geschossen hatte, zeigen die dreißigjährige Malerin Karline Regenbein in ihrem Atelier.

Im Sommer 1994 war er, im Auftrag eines Kunstmagazins, mit Fototasche und Stativ bepackt, zu ihr hinaufgestiegen: zweiter Hinterhof eines ranzigen Hauses, fünf Etagen, eine steile, mürbe Holztreppe, die in einer Art Abstellraum, der als Küche diente, endete. Da das Kabuff von keinem Tageslicht erhellt wurde, erkannte der Fotograf sein Modell erst, nachdem es ihn in den einzigen wirklichen Raum der Wohnung geleitet hatte: ein Persönchen mit kurzgefranstem Haar und farbbeflecktem Kittel, das sich vor seinem Blick wegduckte. Plötzlich zeigte sich Habichs Erschöpfung. Keuchend musste er sich rechtfertigen: Den ganzen Tag sei er unterwegs gewesen, Portrait hier, Portrait da, alles wichtige Leute.

Die folgenden Minuten fixierte er Karline mit den Augen, bis sein Herz zur Ruhe kam und er seinen Blick auf die Umgebung lenken konnte: braun gestrichene Dielen, der zusammengebretterte Tisch, zwei Holzstühle, neben dem Kachelofen das mit einer Batikdecke überworfene Bett, ein antiker Plattenspieler, Dixieland-Scheiben, Trockenblumen, vergilbte Papierstapel, Reste zerflossener Kerzen, von Spinnweben trüb gehaltene Fenster. An der Decke: ein Glaslüster aus den Zwanzigern, dessen Prismen und Zapfen bei leisester Erschütterung klingelten. Die Malerin nannte diesen Teil des Raumes Wohngebiet, den anderen Arbeitsstube.

Karline Regenbeins Ignoranz gegenüber Reinheit, Komfort und erfolgsgeprägtem Künstlerleben verstörten und beeindruckten den Fotografen. Die vom Wohngebiet durch eine imaginäre Wand getrennte Arbeitsstube hatte sie mit ihren Werken vollgestellt. Großformatige Leinwände, welche sie dem Fotografen nacheinander präsentierte. Karline tat es mit der Geste einer Frau, die sich nichts einbildet auf ihr Tun und Schaffen, es jedoch mit unschuldiger Begeisterung vorantreibt. Nichts von ihrem Wesen war auf Anerkennung, geschweige auf Ruhm aus. Wie beiläufig führte sie die Resultate ihrer Arbeit vor. Mit ebenso beiläufiger Pose stellte sie sich mal neben dieses, mal neben jenes Bild, als müsse sie es vor unerlaubten Blicken schützen.

Habichs Augen blitzten vor mokanter Lust, hintergründige Details in Dingen und Menschen zu erspähen, um diese in seinen Fotografien aufscheinen zu lassen. Karlines Arbeiten betrachtete er mit skeptischer Faszination: das wunderliche Treiben, die aufgetriebene Wirklichkeit, in der Tänzerinnen, Matrosen, Magier, Jongleure und Liebespaare in babylonischen Städten, auf Zirkusmeeren oder in mimetischen, früchtesüßen Zauberlandschaften ihre Lebensshow aufführten. Außerirdische Kulissen, Zwischenreiche der Existenz und fallsüchtige Träume hatte Karline Regenbein in Öl festgehalten. Diese Bilder waren Provokation, ein Kabinett kindlicher Widerspruchslust, die gewiss Liebhaber fanden. Das hatte Rüdiger Habich sofort erkannt.

Am Ende der Bilderschau servierte Karline Tee. Ob er sie nach dem Shooting zum Essen einladen dürfe, erkundigte sich der Fotograf. Karline gestand, ihr würde sich in Restaurants, selbst in einfachen Lokalen, der Magen verschließen. Aus dem Kochkabuff brachte sie Schwarzbrot, Butter, Honig. Habich war gerührt. Das Mahl schien ihm köstlicher als alles, was er bisher verzehrt hatte. In dem Moment, da die Künstlerin in hellem Strahl den Honig vom Löffel aufs Brot fließen ließ, griff er nach der Kamera.

»Arbeiten wir!«, sagte er.

Karline leckte den Löffel ab. Dem Fotografen war, als würde ein Licht den Raum fluten. Er stellte das Stativ auf. Karline folgte Habichs Anweisungen – zog mal ein ernstes, mal ein heiteres, mal ein neckisches Gesicht. Sie blickte dem Mann über die Schulter, in die Linse des Objektives oder Richtung Lachvögelchen, das er, je weiter der Tag in den Abend überging, immer öfter fliegen ließ.

Er schien ihr ernsthaft, wie jemand, der, wie sie, Kunst als Lebensenergie begreift. Sie staunte ihn an. Seine klaren Augen, die Hinwendung zu ihr suggerierten. Sprach er, empfand sie dies als weltoffen, gebildet, er schien ihr mit klugem Witz und standhafter Art bei sich zu bleiben. Ein Mensch, der wusste, was er kann, ohne Minderwertigkeiten, ohne Neid, ohne Protz. Das melierte Haar hatte Habich zum Pferdeschwanz gebunden. Er trug Dreitagebart, kleidete sich leger, dies aber von bester Qualität. Er besaß ein Fotoatelier in Westend und ein Selbstbewusstsein, das Karline noch nie bei jemandem wahrgenommen hatte, das sie gleichsam reizte wie beruhigte. Sie wusste nicht, warum er ihr ebenfalls zu verfallen schien. Er sprach von seinen geschiedenen Ehefrauen als hübsche Äffchen des Kulturbetriebes, die sich ihm nur an den Hals geworfen hätten, um seine Protektion zu erfahren.

Sie warf sich ihm nicht an den Hals und war nicht hübsch und dachte nicht daran, aus seiner Bekanntschaft Nutzen zu ziehen. Sanftmütig war sie, fast verdruckst. Allenfalls hatten ihre Gemälde etwas Überzogenes, eine anmaßende, vorgeschobene Kraft, welche die Männer, die nach Karl dem Zweiten Karlines Leben tangierten, in Angst versetzt hatte. Wohl weil sie, wie Karl, fürchteten, hinter dem Persönchen verberge sich ein verrücktes, wenn nicht gar megärenhaftes Wesen. Auch wollte sich keiner vorstellen, dass sie Ab- und Hintergründe des Lebens derart farbgeladen auf die Leinwand zu bringen vermochte. Rüdiger Habich hatte andere Augen.

Dass er Karline Regenbeins Bilder nach der ersten Faszination als Übungen einer begabten, doch von wahren Kennern noch zu entdeckenden Künstlerin auffasste, begriff sie später.

Als Paar waren sie zum ersten Mal in der *Galerie Wettengel* aufgetreten. Während der Vernissage »Habichs Fotoportraits aus drei Jahrzehnten«. Die Räume der Jugendstilvilla waren gefüllt mit Reden vom Bezirksbürgermeister, Kultursenator, Presse, Jazzklarinette. Sammler, Freunde und Kollegen waren anwesend, ebenso der begehrteste Kunstmäzen der Stadt Hubertus Freimut Kilian samt Gattin. Rüdiger Habich stellte Karline dem Publikum vor, indem er bei der Dankrede auf seine letztdatierten Arbeiten verwies. Sie zeigten die Malerin in ihrem Atelier. Inspiriert von Abgründen, die er in ihrem Wesen erahnte, hatte er dramatische, schattenhaft verwischte Fotobildkompositionen geschaffen. Als wäre Karline mit dieser strikten Geste eine Tarnkappe abgenommen worden, wurde sie vom Publikum plötzlich als das von Habich entdeckte Talent gesehen.

Der Applaus war ihr peinlich. Der Klarinettist beendete den offiziellen Teil mit einer Jazz-Performance. Karline leerte hastig zwei Gläser Wein. Habich nahm Komplimente entgegen. Man sprach von seinem Lebenswerk. Es ist schön, wenn er glücklich ist, dachte Karline. In Gedanken malte sie bereits ein Bild, das beide als auf einem Holzfloß das Meer überquerende Liebende zeigte.

Zu später Stunde trat der Galeriebesitzer, ein von Arbeitseifer und Erfolg durchwärmter Mittdreißiger, auf das Paar zu. Er zog sein Leinenkäppi vom Kopf, ließ das blanke Oberhaupt im Saallicht aufleuchten und tastete nach dem nackenwärts wallenden Lockenkranz, als müsse er sich dessen Echtheit vergewissern. Dann umschloss er mit beiden Händen Karlines Hände und drückte sie sanft.

»Unser Freund hat vergessen, mich Ihnen vorzustellen. Darf ich es nachholen?«

Bevor der Galerist Karline seinen Namen nennen konnte, tönte Habichs Stimme: »Eddi, wo ist Odila?«

Zu Karline gewandt frotzelte Habich: »Dieser Mensch besitzt zwar kaum noch Haare, dafür eine vollständige Ehefrau, ein treues und teures Exemplar. Er versteckt sie nur manchmal.«

»Odila hat Nachtdienst«, erklärte der Galerist dem Freund, und zu Karline Regenbein sagte er: »Eduard Wettengel mein Name. Ich würde gern Ihre Arbeiten kennenlernen. Darf ich mich mit Ihnen verabreden?«

Sofort lenkte Habich ein: »Nicht nötig, ich habe Ablichtungen von den Bildern meiner Gefährtin gemacht. Sie wirken in reproduzierter Form besser als im Original.«

Er nennt mich Gefährtin, dachte Karline. Sie atmete den Stich in ihrer Brust weg und fragte Wettengel: »Wann wollen Sie zu mir kommen?«

»Bald«, sagte er erfreut.

Karline sah, wie sich Habich von ihr wegdrehte und die Galerie verließ. Sie rannte dem Taxi nach, mit dem er in der Nacht verschwand.

Kurze Zeit später hatte Habich das Fotografieren mit der Begründung eingestellt, dass durch die Digitalisierung jeder Töffel mit billigsten Kameras jeden Zufallsmist knipsen und vermarkten könne. Professionelle Fotografie, richtig ausgeleuchtet, mit interessanter Perspektive, künstlerischem Anspruch und so weiter befände sich weitab vom Mainstream. Er, Rüdiger Habich, seit mehr als dreißig Jahren einer der bekanntesten Fotokünstler des Landes, sei nicht mehr gefragt, veraltet, aus der Welt gefallen.

Kam sie zu ihm, klagte er: Neuerdings laufe ein

trüber Film vor seinen Augen! Karline, die Rüdigers Pupillen tatsächlich bereift sah, bat ihn, einen Arzt aufzusuchen.

»Nicht nötig«, wehrte Habich ab, »ich liebe Filme. Ich liebe dich. Komm, Karlineken, wir gehen in mein Kino!«

Er lachte über ihre verblüffte Miene. Sie küsste, streichelte ihn, und er bedachte die Geliebte mit Charme und Neckereien. Den zunehmenden Augenschmerz spielte er gegen Karlines Bildwelt aus: »Keine Sorge, bunt macht mich müde, aber nicht blind.«

Er quälte sich. Er lief nicht davon. Er war anders als die Flüchtlinge, die Karline vor Habichs Zeit zu halten versucht hatte. Sie blieb bei ihm, weil er zu ihr stand, ohne dass sie sich aufreizend zeigen musste. Ihre äußere Bescheidenheit schützte ihn vor einem Kampf, dem er sich nicht mehr gewachsen glaubte. Bewegte sich etwas vor seinen Augen, schloss er sie. Lagen Rüdiger und Karline nachts beieinander, schob er sein akutes Ruhebedürfnis auf seine vom Zeitgeist stillgelegte Lebenskraft. Einmal, als Karline sich auf den Weg in ihre Arbeitsstube machte, klagte er: Er sei trübsichtig, vergessen, verkannt, ein Relikt. Sie versuchte, ihn zu trösten, indem sie ihn darauf hinwies: Sie vertrete ebenfalls einen Malstil, der an jeder Mode vorbeigehe. Er brüllte: Sie könne sich nicht mit ihm vergleichen! Außerdem hätte sie genügend Bewunderer, das wüsste er.

Nach diesem Wutausfall ließ sie ihn über Nacht allein. Er kletterte am nächsten Tag die Treppe zu ihr hinauf, erbettelte Einlass, überreichte ihr einen Arm voll Rosen sowie eine Kette aus rotem Granat. Seine Fingerspitzen berührten zwei über Hochhäusern fliegende Fische, an denen sie gerade arbeitete, und er sagte: »Das sind wir beide.«

Sie aßen, wie zu Beginn ihrer Zeit, Schwarzbrot mit Butter und Honig.

Ein Jahr, nachdem Rüdiger Habich der Fotografie abgeschworen hatte, bekamen die Filme, die seine Sehkraft malträtierten, Risse. Auch überwältigte ihn mitunter von einer Sekunde zur anderen solche Müdigkeit, dass er, saß er auf dem Stuhl, mit dem Kopf auf die Tischplatte knallte. Er klappte, bevor er Sofa oder Bett erreichen konnte, auf dem Boden zusammen. Sekunden vor dem Einschlafanfall spürte Habich, wie sich das Umfeld verdunkelte, als schlössen sich um seine Iris die Lamellen einer fotografischen Blende. Da war es schon geschehen.

Kameras, Zubehör sowie sämtliche Fotomappen hatte Rüdiger Habich auf dem Dachboden verstaut. Einmal schlug er, von einer Schlafattacke überwältigt, mit dem Hinterkopf auf. Nachdem er wieder erwacht war, schnitt er sich das Haar samt Pferdeschwanz ab. Er ließ den Bart wuchern und entwickelte einen Hang zu Kleidungsstücken, die er wohlfeil auf dem Flohmarkt erstand. Da Habich nicht mehr arbeitete, wurde ihm die Zeit zu viel. Er erklärte Karline, wer sich liebe, verspüre den Wunsch, sooft es ginge, beieinander zu sein. Er saß fast jeden Tag in Karlines Malwerkstatt. Auch wenn er in dieser Situation niemals einschlief, gähnte er oft.

»Du langweilst dich«, sagte Karline.

»Nein«, knurrte er, »du langweilst mich.«

Mitunter überkam Habich Sehnsucht nach Vergangenem. Dann stattete er nicht Karline, sondern seiner Galerie einen Besuch ab. Er ließ sich von Eduard Wettengel überschwänglich begrüßen und seiner Bedeutung versichern, um anschließend über Kunst und Künstlerkollegen herzuziehen. Selbst Karlines Arbeiten, die zu kennen er vortäuschte, bedachte Habich mit Häme. Anfangs versuchte Wettengel, der ein moderates Wesen besaß, den außer sich Geratenen mit Gegenargumenten von ungerechten Urteilen abzubringen. Bald gab er es auf, da er feststellte: Rüdiger Habich wurde nur umso ausfälliger. Der Schlaf, der ihn an Ort und Stelle überwältigte, bereitete Wettengel ein schlechtes Gewissen.

Habich hatte Karline gebeten, sie möge mit ihrer Malerei kürzertreten, ihm täglich Gesellschaft leisten und ihn bewachen. Sie erfüllte seine Bitte. Etwas war in ihr, das sie gern weiterhin als Liebe definiert hätte. Sie bot sich an, den Freund zum Arzt zu begleiten. Erst als die laufenden Bilder vor seinen Augen Horrorfilme wurden, beugte er sich Karlines Wunsch nach Klärung der Ursache. Der Neurologe konnte keine nervöse Krankheitsursache entdecken. Eine klassische Narkolepsie schloss er aus. Der hinzugezogene Augenarzt sprach von atypischem Altersstar, ein Wort, das Habich in Gelächter ausbrechen ließ.

»Siehst du«, triumphierte er, »nicht *ich* bin krank, sondern das, was mich umgibt.«

Sie schliefen in einem Bett, das nur für eine Person bestimmt war. Habich bestand darauf. Indem er Karline von hinten umfasste und ihr befahl, sich seinem Körper anzupassen, schien ihm die Schlafstatt als ausreichend. Anfangs war Karline diese Art Nähe unbequem, bald gewöhnte sie sich daran. Da ihr jede Begierde nach Habichs Leiblichkeit abhandengekommen war, versuchte sie, durch die Körperwärme Befriedigung zu erlangen. Nie war ihr ein Mann so nah gewesen. Sie hatte sich abgefunden mit der Annahme, ihre Anziehungskraft sei durch ihren Eigensinn und den ihr anhaftenden Ölfarbengestank verflogen – jetzt wurde um sie geworben. Habich brauchte sie. Er sagte Du und Ich. Sie wusste keinen Menschen, der es ernster mit ihr meinte. Bald kehrte Habich seine Bitte in eine Forderung um: »Du bleibst bei mir.«

»Ich bleibe nur, wenn ich gehen kann«, entschied Karline.

Es war nicht böse gemeint. Augenblicklich fiel Habich aufs Gesicht und in Tiefschlaf. Karline stillte sein Nasenbluten und dachte: Alles geht irgendwann vorüber. Er wird sich gewöhnen an ihr Kommen und Gehen, an die Freiheit, die sie sich nahm. Habich beschrieb ihr die Filme, die er aus sich heraus sah. Sie verließ seine Wohnung fast nur noch, um Nahrungsmittel einzukaufen. Zweimal wöchentlich hatte sie sich anfangs für ein paar Stunden in ihre Arbeitsstube verzogen. Mit zunehmenden Einschlafanfällen häuften sich die Verletzungen, die sich Habich bei Stürzen zuzog. Oft verweilte nun Karline die ganze Woche bei ihm, versorgte die Wunden, assistierte ihm bei Verrichtungen. Drängte es Karline zu ihren Bildern, musste sie sich von ihm losreißen. Er sah sie einfach nicht gern aushäusig und drohte mit Ohnmacht, aus der er nie wieder erwachen würde. Es gab Streit. Habich schlug vor, im Wintergarten seiner Wohnung eine Malecke einzurichten. So bräuchte Karline nicht mehr in ihre ohnehin verkommene Bruchbude auszuweichen. Besser noch, meinte Habich, sie würde ihr Hobby ganz aufgeben.

»Meine Arbeit ist mein Leben«, sagte Karline.

Es klang wie eine Entschuldigung. Bald waren die Stufen, die zur Arbeitsstube führten, für Habich zur unüberwindbaren Hürde geworden. Obwohl Karline die Hinfälligkeit des Freundes bedrückte, fühlte sie sich ohne ihn bei der Arbeit freier. Nur einmal, als sie ihm beiläufig mitgeteilt hatte, Herr Wettengel würde sie aufsuchen, um eine Ausstellung vorzubereiten, quälte sich Habich der Gefährtin hinterher. Fünf Etagen hoch, um schließlich mit pfeifendem Atem jene Stätte zu erreichen, die er als seine Entdeckung beanspruchte.

»Du bringst mich um«, röchelte er.

»Ich habe dich nicht gebeten, mitzukommen«, entgegnete Karline.

Er verdrehte die Augen, sank zu Boden. Nach einer halben Minute erhob er sich von selbst. Blessuren trug er diesmal keine davon.

»Wir beeilen uns«, versprach Karline.

»Was heißt hier wir?!«, schnauzte Habich.

Der Galerist betrat das Atelier ohne Zeichen der Erschöpfung. Einen Strauß Herbstastern überreichte er der Malerin mit dem Kompliment: »Selbst die Natur vermag die Farben einer Karline Regenbein nicht hervorzubringen.«

Wettengel erschrak, als ihn eine bekannte Stimme ermahnte: »Bunt ist noch keine Kunst!«

Zwischen den Leinwänden sprang Habich hervor, versetzte ihm einen Schlag auf die Schultern und fragte: »Na, wieder mal auf Talentsuche? Diesmal in meinem Jagdgebiet?«

»Ich suche nicht, ich finde«, gab Wettengel zur Antwort, »außerdem habe ich einen offiziellen Termin bei der Künstlerin.«

»Da hättest du Odila mitbringen sollen.«

»Warum?«

»Weil Frauen Karlines Bilder lieben! Sieh sie dir an. Farbig, konfliktfrei, volkskünstlerisch – und das im besten Sinne.«

Eduard bemerkte, seine Frau habe ihre eigenen Verpflichtungen und setzte hinzu: »Was willst du eigentlich von ihr?«

»Nichts«, meinte Habich aufgesetzt heiter, »unsere Damen sollten sich endlich kennenlernen. Karline muss denken, du seist in Liebesbeziehungen unterversorgt.«

Starr vor Wachsamkeit registrierte Rüdiger Habich die Blicke des Galeristen und alles, was er fortan äußerte. Karline spürte den Nacken steif werden. Sie wusste: Jeder Zuspruch, den Wettengel an ihre Bilder verschwendete, jeder Schritt, der auf ein sicheres Datum für die Vernissage hinauslief, versetzte dem Freund einen Stich. Sie ahnte: Sobald der Galerist gegangen wäre, würde Rüdiger, mit jähem Absturz in den Schlaf sein Sterben markierend, sämtliche Aufmerksamkeit auf sich ziehen. Der erwartete Anfall jedoch ereilte ihn erst, als er hinter Karline die Treppe herabstieg. Die Augenblende zog sich zu. Er erwachte im Krankenhaus, wo man ihm eine Unterarmfraktur nebst Gehirnerschütterung attestierte.

Nach solchen Turbulenzen, meist begleitet von surrealen Filmszenarien, die er erzählte, glitt Habich in einen anderen Zustand. Wie ein mattgehetztes Tier lag er auf dem Bett, sanft, entspannt, voll demütiger Traurigkeit. Dann streichelte er Karlines Hände, sprach die Befürchtung aus, sie würde ihn verlassen, und sagte, er könne es gut verstehen.

»Was«, fragte er, »hält dich bei mir?«

Dass sie ihm die Ehe angetragen hatte, war ihr selbst nicht geheuer gewesen. Eine Ehe als amtlich besiegelte Versicherung ihrer Zuverlässigkeit schien ihr die letzte Rettung vor seiner Traurigkeit, Eifersucht und Zänkerei. Er wehrte ab: »Ich war schon zweimal verheiratet und kann nichts mehr für dich tun.«

»Du musst nichts für mich tun.«

»Ich weiß. Das ist ja das Schlimme.«

Sie ersehnte vor allem Ruhe. Sie verschloss Kochkabuff, Wohngebiet, Arbeitsstube und richtete in Habichs Wintergarten eine Ecke ein. Oft schaute er ihr beim Arbeiten zu und attestierte: »Du kannst es.«

Seine Schlafattacken wurden seltener. Sein Blick klärte sich, zumindest auf einem Auge. Eines Morgens sah er im Spiegel ein zottiges Tier. Er wollte es sofort töten. Ein türkischer Friseur barbierte Habich mit dem Messer und gab ihm recht: »Bart ist für Moruk, du Erkek – echt Mann!«

Er wehrte sich gegen die Überfälle des Schlafes, indem er seine künftige Frau mit allem bedachte, was sie verlangte: Freundlichkeit, Dank dafür, dass sie kochte, putzte, sein Leben regelte. Die Ärzte sprachen vorsichtig von Hoffnung auf Rückgang der Krankheit.

Bei einem Herrenausstatter kaufte er, was er für seine dritte Hochzeit für angemessen hielt: ein schwarzes Seidenhemd mit Goldknöpfen sowie eine Samthose mit der Farbbezeichnung *Brombeer*. Er gab sich großzügig und drängte in ein Modeatelier, wo er ein Kleid für sie in Auftrag gab. Sie mochte keine Kleider, weil sie fürchtete, ihre Beine glichen denen von Stelzvögeln. Er sagte: »Du wirst meine Frau und sollst sehen, wie schön du sein kannst.«

Ihm zuliebe probierte sie das Kleid an. Es stand ihr. Sie fand sogar Gefallen an der Kostümierung. In aquamarinblauem Plissee posierte sie vorm Spiegel und entdeckte sich als eigene, in ein großes, zukünftig zu schaffendes Bild übertragbare Schöpfung.

Nachdem Karline das Aufgebot bestellt hatte, machte sie sich daran, die für die Trauung nötigen Dokumente zusammenzutragen. Da Rüdiger, seit sie bei ihm wohnte, jegliche Lebens- und Haushaltsorganisation ihr überließ, überreichte er ihr die Mappe mit seinen Papieren und scherzte: »Ich hoffe, es ist das letzte Mal, dass ich heirate.«

Sie durchblätterte seine alten Zeugnisse, amüsierte sich über schlechte Noten im Fach Kunst und durchstöberte Packen von Garantiescheinen, Verträgen, Wohnungsummeldungen. Aufmerksam las sie Trauungs- und Scheidungsurkunden. Es war ihr alles sehr fern.

Rüdiger Habich hatte sich Hochzeitsgäste verbeten. Seine letzte Vermählung sollte ohne Verwandte, Freunde, ohne eine Art Konvention stattfinden. Lediglich der Pflicht der Benennung von Trauzeugen musste er genügen. Er bat Eduard Wettengel gemeinsam mit seiner Gattin den Part zu übernehmen. Wettengel konnte nur schwer eine Bitte abschlagen. Am Hochzeitstag erschien er allein. Er ließ das angehende Brautpaar von Odila, die er wiederholt wegen beruflicher Pflichten entschuldigte, grüßen und überhörte Habichs Kommentar: »Dein Weib hätte sich ja mal freinehmen können. Oder fürchtest du, es würde sich in mich verlieben?«

Eduard Wettengel brachte seine Freude über das Aufleben des Künstlerfreundes in einem üppigen Blumenstrauß zum Ausdruck. Noch vor der Trauung, die im Standesamt Westend stattfinden sollte, entriss der Bräutigam dem Trauzeugen die Blumen, um sie in hohem Bogen hinter sich zu werfen. Sie landeten auf der Straße im offenen Kabelschacht. Über Karlines empörtes Gesicht lachte Habich und sagte: »Schade, dass ich nicht mehr fotografiere.«

Wettengel murmelte etwas vom Eigensinn der Künstler und machte ein Kompliment über das Kleid, das Habich seiner jungen Braut anlässlich der Hochzeit geschenkt hatte. Es war ihr kein Trost. Rüdiger argwöhnte gar, sein Freund hätte die Gunst der Stunde genutzt, um seiner Braut das *Du* anzutragen. Das würde er niemals wagen, beschwichtigte ihn Wettengel, konnte sich jedoch des Spottes nicht erwehren und fügte an: »Jedem Du folgt zwangsläufig der Beischlaf, da hast du recht.«

Im Moment, da der Standesbeamte zur Eröffnung der Trauzeremonie ansetzte, sackte Rüdiger Habich zusammen. Karline stützte ihn, damit er nicht vom Stuhl fiel. Die Rede wurde abgebrochen, obwohl Habichs Absenz nur Sekunden dauerte. Nach der Unterschrift, die die Ehe besiegelte, forderte der Standesbeamte das Paar auf, einander die Ringe anzustecken, woraufhin der Bräutigam blaffte: »Ringe? Sind wir vielleicht Vögel?«

Eduard Wettengel wusste nicht, was ihm peinlicher war: die Zeremonie oder dass er durch diese zum Lächeln gezwungen wurde.

Am Ende führte Habich seine Angetraute sowie den Trauzeugen in ein chinesisches Restaurant. Dieser Programmpunkt hatte nicht in Karlines Organisationsbereich gelegen, da sie in Bezug auf gastronomische Einrichtungen ahnungslos war und niemals freiwillig ein Lokal betrat. Am Tisch saß Karline Eduard Wettengel gegenüber. Sie hielt ihre Blicke gesenkt, als müsse sie sich dafür vor ihrem frischgebackenen Gatten verantworten. In ausgelassenem Befehlston orderte Habich die Speisekarte. Die zierliche, in ein glänzendes Gewand gehüllte Kellnerin eilte herbei und überreichte dem Gast die Karte mit einer aparten Verbeugung.

»Lesen Sie vor«, forderte Habich die Kellnerin auf.

Freundlich stumm neigte diese den Kopf. Habich zischte: »Chi-ne-sisch!«

Die Kellnerin klappte die Karte auf, tippte auf die deutsche Übersetzung der Speiseangebote, lächelte und verschwand in die Küche. Habich erhob sich. Im schwarzen Seidenhemd wirkte er wie mit hohem Daseinsgrad geadelt. Goldknöpfe machten ihn zum General, zum Kommandanten über die Gesellschaft, obgleich er sich in tiefer innerer Verlorenheit wähnte. Nur mühevoll vermochte er die dreiste Absage der Bedienung zu überwinden. Schlimmer war, dass ihm folgende Tatsache hochkam: Karline hatte seinen Namen nicht angenommen, wollte nicht Habich, nicht einmal Habich-Regenbein heißen. Auf, wie er es nannte, emanzischen Stolz beharrend, hatte sie sich über seinen Vereinigungswillen hinweggesetzt – das kränkte Habich und forderte seine restliche Lebenskraft heraus. Er breitete die Arme aus und schmetterte durch das Restaurant: »Jetzt belohnen wir uns!«

Eduard Wettengel zeigte sich von der Exotik der Menüangebote begeistert. Karline gestand, nichts zu sich nehmen zu können. Sie sei aufgeregt, außerdem wären ihr die Speisen unbekannt. Habich kalauerte: »Der Bauer frisst nur, was er kennt. Gut, dass du mich nicht kennst.«

Karline spürte ihre Zunge anschwellen. Wettengel empfahl der Braut, wenigstens gebackene Banane mit Honig zu probieren.

»Damit sie dir Honig ums Maul schmieren kann?«, frotzelte Habich.

Auf seine Bestellung hin wurde die Vorspeise aufgetragen. Die Kellnerin nahm den Deckel der dampfenden Schüssel ab und erläuterte die Ingredienzien auf Chinesisch. Habich applaudierte. Karline erstarrte: In der Schüssel sah sie goldbraun frittierte Kinderhände, die sich bizarr spreizten. Schon hatte Habich zugegriffen, zog die Fingerchen einzeln durch die Zähne, schmatzte, legte die abgenagten Knöchel auf den Teller. Nachdem er ein halbes Dutzend auf diese Weise verzehrt hatte, reichte er seiner Frau eine Kostprobe über den Tisch. Karline drückte ihr Gesicht in die Serviette. Wettengel, dem in diesem Moment seine angeborene Moderatio zugutekam, besänftigte Karline, indem er zum Beweis der Harmlosigkeit dessen, was sich in der Schüssel befand, aus der Speisekarte zitierte: »Fünffach duftende Hühnerfüße, eine kantonesische Spezialität.«

Durch das Restaurant schallte Habichs Lachen. Seine Braut umarmend, sprach er: »Weißt du, immer muss ich die vielen wunderlichen Sachen angucken, die du malst. Hast du dich jemals gefragt, wie ich das aushalte? Was deine Bilder in mir anrichten? Mir platzen die Synapsen, eine nach der anderen – ping! ping! alles überspannt. Die Liebe ist es, die mir Kraft gibt. Jetzt darfst du dich über mich wundern.«

Nach diesen Worten sah der Trauzeuge das Ende seiner Pflicht gekommen. Ohne auf den Hauptgang zu warten, wünschte Eduard Wettengel dem Paar alles Gute und verließ das Lokal. Karline blickte ihm hinterher. Niemals wird er eine Ausstellung mit meinen Bildern machen, dachte sie noch. Da verfinsterte sich Habichs Gesicht. Den Arm um Karlines Schultern gepresst, fragte er: »Für wann habt ihr euch verabredet?«

Noch in der Hochzeitsnacht hatte er seine Schlafanfälle eingestellt. Er zeigte sich wach wie nie im Leben. Er kaufte ein mobiles Telefon, mit dem er sofort jeden

Anruf entgegennehmen konnte. Wollte sie ohne seine Gegenwart telefonieren, ging sie auf die Straße in eine Telefonzelle. Einmal schlich er ihr hinterher, riss ihr den Hörer aus der Hand und brüllte hinein: »Lass meine Frau in Ruhe!«

Ihre Mutter war am Apparat. Er rechtfertigte sich mit dem Scherz: Er wolle nur wissen, von wem sich seine berühmte Gattin heimlich inspirieren ließe. Er hätte Inspiration gleichfalls nötig. Guten Tag, auf Wiederhören!

Karline schrie ihn an, er habe sich nicht auf diese Weise in ihr Leben einzumischen.

»Was keifst du? Wir besitzen zu Hause ein Telefon.«

»*Du* besitzt es«, korrigierte sie.

Er brachte es fertig, sie drei Tage lang anzuschweigen. Sie dachte daran, die Scheidung einzureichen und schämte sich ihrer Verzagtheit. Taten ihm seine Ausfälle leid, nahm er sie in die Arme und erklärte: »Ich kann nichts dafür. So ist es, wenn man sich liebhat. Man möchte doch immer wissen, was der andere tut.«

»Ja«, sagte sie traurig, »aber du musst auch etwas tun.«

Sie tranken Wein, Versöhnung herbeiplaudernd. Er sprach davon, wieder etwas tun zu wollen: fotografieren, der digitalen Technik die unverbrüchliche Qualität der Konvention entgegensetzen. Er plante eine künstlerisch komponierte Bildserie zu urbanen Relikten wie Litfaßsäulen, historischen Gullydeckeln und Kellerfenstern. Sie fand die Idee großartig. Daraufhin tat er nicht mehr als das, was er in den letzten Wochen zu tun pflegte: das Telefon hüten, in der Wohnung umhergehen, ihr beim Arbeiten über die Schulter blicken. Er las Zeitung, sah im Fernsehen das Mittagsmagazin, verfolgte die Fußball-Bundesliga. Eines Morgens stieg sie auf den Dachboden, holte die Spiegelreflexkamera herunter und drückte sie ihm in die Hand.

Er sagte: »Du willst mich loswerden.«

Er rührte die Kamera nicht an. Er stand, während sie arbeitete, dicht neben ihr und versuchte ein kritisches Urteil über die Farbigkeit ihrer Bilder. Sie versicherte, sie wisse, was sie tue. Er: »Kunst ist Können, nicht Wissen.«

Zu seinem siebzigsten Geburtstag wünschte er sich von ihr ein Portrait seiner selbst. Sie entsprach dem Wunsch. Auch als er konkrete Einzelheiten kundgab, zeigte sie sich bereit, jede zu erfüllen. Er meinte, ein Abbild seines Alters entstünde am wirkungsvollsten durch grobe Grundierung. Ob sie sich damit auskenne.

»Na klar«, sagte Karline, »das ist kinderleicht.«

Sie verrührte feinkörnigen Splitt mit Dachpappenteer und pinselte die Masse auf Leinwand. Darauf unverdünnt Ölfarben: Braun, Ocker, Moosgrün. Auch Caput mortuum brachte sie zum Einsatz, ein eisenschwefliges Pigment, das sie zu dunkelviolettem Lehmputz vermischte. Sein Antlitz geriet düster expressiv. Es war nicht ihre Art zu malen, doch sein Wunsch. Er stellte das noch feuchte Bild auf die Staffelei in die Mitte des Wohnzimmers und rief: »Grandios! Es riecht nach Bombenkeller.«

Den Geburtstag feierten sie mit einer Flasche Barbaresco, die aus seinem Geburtsjahr stammte. Sie wusste den teuer erhandelten Wein nicht zu schätzen und behauptete, er schmecke nach Hustensaft. Sie waren beide am Ende so betrunken, dass sie sich an den Händen fassten und um das Bild tanzten. Er schlief auf dem Sofa ein. Als das Mobiltelefon klingelte, zog sie es behutsam aus seiner Hosentasche und drückte die grüne Taste.

»Hier Habich«, flüsterte sie, um ihn nicht zu wecken.

Eduard Wettengel wollte dem Freund gratulieren. Sie nahm die Glückwünsche entgegen. Als er sich erkundigte, ob es Karline gut gehe, antwortete sie in beschwipstem Überschwang: »Herr Wettengel, wenn Sie mit mir reden, geht es mir gut.«

Sie lauschte seiner Stimme, die für ihre Ohren ein wenig zu hell klang. Sie gab sich Mühe, was er ihr erzählte, im Gedächtnis zu behalten. Der Barbaresco bewahrte sie davor. Nur dass sie gemeinsam über irgendetwas lachten, das mit Habichs geplanter Gullydeckelserie zu tun hatte, merkte sie sich.

Am nächsten Tag rief Rüdiger Habich zurück, bedankte sich für die übermittelten Glückwünsche und unterbreitete dem Freund die Idee einer Ausstellung von Karlines Werken. Wettengel war erstaunt.

»Das habe ich schon lange vor, aber du alter Knurrhahn hast es verhindert«, spottete er.

»Blödsinn«, erwiderte Habich, »der richtige Zeitpunkt ist wichtig.«

»Und der ist jetzt gekommen?«

»In etwa einem Jahr. Bis dahin muss sie noch viel schaffen.«

»Karlines Werk könnte die halbe Nationalgalerie füllen.«

»Ach, duzt ihr euch nun doch?«, fragte Habich spitz.

»Keineswegs«, beruhigte ihn Wettengel, »Karline ist mittlerweile ein Markenzeichen geworden.«

Habich konkretisierte seine Vorstellung: »Es wird eine Portraitausstellung werden.«

»Soweit ich weiß, gehört das Einzelportrait nicht zum bevorzugten Genre deiner Frau«, warf Wettengel ein.

»Es wird ihr Hauptgenre werden.«

»Das bestimmst du?«

»Das weiß ich. Und ich weiß noch mehr.«

Wettengel am anderen Ende der Leitung wurde ungeduldig:

»Was hast du vor?«

»Großes!«, rief Habich. »Sie rührt schon die Farben und malt Bild Nummer zwei. Und wen sieht man darauf? Mich! Meinen Kopf! In pointilistischer Manier. Das ist es! Eine Ausstellung von Portraits, die den Ehemann der Künstlerin präsentieren. In sämtlichen Stilrichtungen der Malerei.«

»Du bist übergeschnappt«, stellte Wettengel fest.

Habich saß auf einem Drehschemel Modell. Täglich, unermüdlich. Beobachtete, wie Karline Farben, Firnisse, Pasten miteinander verarbeitete. Wie sie ihn fixierte und ihr die Übertragung vom Auge auf die Leinwand in stets neuen Varianten gelang.

Nach Vollendung des siebten Portraits erschien Eduard Wettengel, um das Projekt in Augenschein zu nehmen. Er stellte die Bilder in verschiedenes Licht, um ihren Wandel zu erleben. Er war sogar versucht, die durch die dick aufgetragenen Malmittel entstandenen reliefartigen Oberflächen zu betasten.

»Wie schön, wie außergewöhnlich«, urteilte er. »Das alles hat eine ungeheure, beinahe widerständische Kraft.«

Karlines Blick ging zu Habich. Er erwiderte ihn. Nickte. Sie spürte die verborgene Liebe ihres Mannes und dachte: Es ist gut so. Habich maulte: »Widerständische Kraft! Eduard, ich bitte dich! Das ist doch kein Kriterium.«

»Mir gefallen die Arbeiten deiner Frau«, bekräftigte Wettengel seine Fürsprache.

Habich stöhnte.

»Ohne mich wäre Madam von ihren Kindermärchen nicht abgekommen, hätte sie nicht gelernt, sich auf Wesentliches zu konzentrieren.«

Beim Wort Madam war Karline zusammengezuckt. Doch sie erwiderte Wettengels Lächeln. Eine Welle der Genugtuung durchrollte sie.

»Schaffen Sie es in einem halben Jahr?«, fragte der Galerist.

Karline nickte wie ein Schulmädchen, dem man eine außerordentliche Hausaufgabe antrug, mit der es vor der Klasse brillieren konnte.

»Was ich für ein Glück mit meiner Gattin habe!«, schwärmte Habich.

»Hast du«, bestätigte Wettengel.

Er verabschiedete sich bei Karline mit den Worten: »Bleiben Sie bei sich.«

Karline Regenbein wusste nicht, was es bedeuten sollte: bei sich bleiben. Ihr Leben lief dahin. In dieser Malecke, mit diesem Mann, an dessen Launen und Ausfälle sie sich gewöhnt hatte. Dergestalt, dass sie erneut die simpelste Gewissheit aufrief: Alles hat seine Zeit, und was ist, wird nicht bleiben. Doch ich werde bleiben. Ich liebe ihn, irgendwie …

Regelmäßig erkundigte sich Eduard Wettengel nach dem Fortgang ihrer Arbeit. Obgleich es Karline schwerfiel, sich in den neuen Maltechniken wohlzufühlen, hatte sie Spaß an der Bildserie. Habich war heiter, beinahe zärtlich zu ihr. Indem er Modell saß, tat er endlich etwas.

Eines Tages jedoch hatte Wettengel den Kontakt zu dem Paar eingestellt. Kein Vorbeischauen, kein Anruf mehr. Habich wurde unruhig. War die Galerie etwa geschlossen worden? Insolvent? War Wettengel nicht mehr an dem, was Karline herstellte, interessiert? Schließlich ging es um ihn, um das Antlitz Rüdiger Habichs, dessen vielfältig verfremdete Wiedergabe auf Leinwand die Kunstwelt erwecken sollte. Karline spürte ebenfalls Unruhe. Diese betraf weniger der Verdacht, Wettengel würde das Interesse an ihren Arbeiten verloren haben, als vielmehr sein jähes Schweigen. Sie fürchtete, sie sei ihm auf die Dauer zu gewöhnlich, dilettantisch oder zu unscheinbar. Karline vermisste Wettengels Zuneigung, die sie aus seinen Nachfragen zu erfahren glaubte. Eines Tages wagte sie, in der Galerie anzurufen. Keiner nahm den Hörer ab.

Karline empfand es als gerechte Strafe für ihren Hochmut.

Nachdem sie ein weiteres Portrait zum Trocknen abgestellt hatte, kam mit der Post ein Brief. Da Habich die Hoheit über sämtliche ins Haus laufenden Informationen besaß, nahm er die Sendung entgegen. Im Schlafzimmer öffnete er heimlich den Umschlag, las den Brief und schob ihn unter den Bettvorleger. Am Nachmittag entschloss sich Karline, die Galerie Wettengel persönlich aufzusuchen. Sie ging los, ohne sich bei Habich abzumelden. In Sorge, etwas könnte geschehen sein, das ihr die träumerische Zuversicht, es gäbe einen Menschen, der ihre Arbeit, ihr Leben durch ernsthaftes Interesse zum Erblühen brächte, nehmen würde. Als Karline an der verschlossenen Galerietür rüttelte, stand Habich bereits hinter ihr. Ihr in den Nacken atmend raunte er: »Wenn du ihn suchst, ich weiß, wo er ist.«

»Läufst du mir hinterher?«

Vor Schreck, Scham und Enttäuschung zitterte Karline. Habich drückte ihr einen Kuss aufs Haar.

»Ich laufe neben dir. So haben wir es uns versprochen, oder nicht?«

Karline biss sich auf die Lippen. Arm in Arm ging das Paar den Weg zurück nach Hause. Habich plauderte, er habe Kunde von einer Reise, die Eduard zusammen mit Odila unternehme. In Venedig würden sie sich zum zweiten Mal vermählen, ihre langjährige Treue mit erneutem Versprechen bekräftigen. Nach ausgiebigen Flitterwochen kämen die Eheleute zurück, und die Vernissage würde wie geplant eröffnet.

»Was du alles weißt«, sagte Karline.

Sie stellte sich Wettengel vor, wie er mit einer, mit seiner Frau, die sie noch nie zu Gesicht bekommen hatte, in einer venezianischen Gondel saß. Sonnig, beglückt, ein pastellenes Farbspiel.

Später entdeckte Karline während des Staubsaugens den Brief, den Habich unterm Bettvorleger versteckt hatte. Sie erkannte die Schrift sofort. Ohne dass Karline den Inhalt des Briefes erahnte, schlug ihr das Herz bis zum Hals. Hastig öffnete sie den Umschlag. Auf der Vorderseite stand in zarten Lettern: *Freude irrt (Rilke)*. Innen: *Meine geliebte Frau Odila ist für immer eingeschlafen.*

Sie träumte während des Malens. Er saß gekrümmt auf dem Schemel und gab seinem Gesicht Ausdruck. Er trug wieder Bart. Wandte er seinen Blick zu ihr, blickte sie in gräulich lasierte Augen. Sie mischte gröberen Splitt in die Grundierung, griff sogar zu Schotter. Spachtelte sie Teer und Farbe allzu dick darauf, rügte er sie wegen ihrer Hast: Sie wolle wohl schnell zum Ende kommen?! Sie hörte nicht auf ihn. Sie träumte vom anderen und tröstete diesen in seiner Trauer. Sie versprach: Ich mach dich frei, mein Engel.

Tot ist tot. Und alles hat seine Zeit. Sie sah durch den, den sie im Bild festhalten sollte, hindurch. Er schien müde. Wie kurz vor einem Einschlafanfall. Seine geweiteten Augen: zwei Blenden, die, trotz Trübung, jede Einzelheit aufnahmen. Seine Schultern hingen tief, als verfestigte sich gesättigte Luft zu Beton. Als würde sich Beton über ihn gießen wollen, um sein endgültiges Abbild zu schaffen. Sie malte den anderen in Gedanken auf Pergament und Seide. Den schönen, trauernden Menschen, der nun für sich allein existierte. Nicht mit doppeltem Jawort an seine Treue gefesselt, in keiner Gemeinschaft, keiner Liebe mehr zu Haus. Einsam vielleicht. Verloren. Wie sie. Sehnsüchtig nach Neuem. Vielleicht. Sie erschrak über das, was sie dachte, und tauchte den Spatel tief in die Malmasse. Noch als sie längst ihre Arbeit beendet hatte, saß der, dessen Abbild ihre Aufgabe gewesen war, auf dem Schemel. Regungslos. Den Blick zur Leinwand gerichtet. Dass er die Lider nie mehr schließen würde, merkte sie erst eine Stunde später.

7

Karline Regenbein löst sich aus der Dreiergruppe der Witwen vor Kilians Erbbegräbnis und kehrt zurück zum Grab ihres verstorbenen Mannes. Die Erde braucht Dünger, da Linden und Robinien die Stelle bald verschatten würden.

Karline treibt die Zinken der Handhacke in die Erde, lockert sie auf, streut Dünger, harkt zwischen Stiefmütterchen, Tränendem Herz, abgeblühten Zwiebeln von Tulpen und Narzissen. Süßer riecht die Luft als am Mittag, obgleich die Witwe ahnt, dass das Kerosin der tiefliegenden Maschinen den Duft des Pollenstaubes von Baum- und Buschblüten hinwegweht.

Nach Minuten angestrengter Arbeit legt Karline die Harke beiseite, mischt die Erde mit den Händen, gießt Wasser nach. Der Vorgang erinnert sie an die Tage, an denen sie die Grundierungen für Habichs Portraits angerührt hatte: grobe, dunkle, ihr Talent herausfordernde Materie, natürlich und künstlich zugleich.

Zwei Dutzend gegen Karlines Natur gearbeitete Bildnisse jenes Mannes, der ihr beigesellt gewesen war. Den sie geliebt hatte. Liebt. Auf unerklärliche, zähe Weise. Nach seinem Tod hatte sie die Bilder im Keller ihres mürben Mietshauses gelagert. Hinter den Kartoffelhorden, wo sie Feuchtigkeit zogen und schimmelten. Karline mochte die verspachtelten Leinwände nicht mehr sehen. Sie waren bedrohlich in ihrer Existenz, wiesen auf Karline Regenbein als Schöpferin hin. Es hatte keine Vernissage gegeben. Kein Großereignis in der *Galerie Wettengel*. Die Angst der Malerin vor ihrem eigenen Ungenügen war so stark gewesen, dass sie ihr Werk der Öffentlichkeit nicht mehr zeigen wollte. Selbst dann nicht, als Herr Wettengel versicherte, die Ausstellung wäre eine Würdigung des Verstorbenen. Bewunderung ihrer Person beschämte Karline, zumal sie sich in diesem Fall nicht auf ihre künstlerische Arbeit bezogen hätte, sondern womöglich auf jene Duldsamkeit und Ausdauer, die sie als Ehefrau des berühmt-berüchtigten Fotografen aufgebracht hatte. Man war ja im Gespräch gewesen.

Über so etwas grübelt Karline, während sie die Graberde mit Mineralien anreichert. Hinter sich spürt sie die Blicke der Witwen, mit denen sie unbeabsichtigt eine Verschwisterung eingegangen ist. Und sie spürt den Witwer Wettengel, obwohl der sich aus dem Kreis bereits davongemacht hat. Sicherlich unangenehm berührt von der Übermacht des weiblichen Trauertrios, zu dem sie, Karline, nunmehr zählt.

Doch hatte er Karline nicht erinnert? *Wir sind uns noch etwas schuldig.* Sie kostete dem *Du* nach, der lange verwehrten Nähe. Sogleich folgte Furcht: Die Zunge würde ihr fortan von unbedachten Äußerungen übergehen.

Karline träumt sich im Zickzack von Habichs Lebens- und Sterbewelt, die ihr am Ende als ein und dieselbe vorgekommen war, in die Welt der Gegenwart auf den Nordfriedhof. Den Grabpflanzen gibt Karline Kraft zum Blühen. Zugleich ist sie vom Gefühl der Bloßstellung eigener Energie betroffen. Sie hofft, Wettengels Geruch in sich aufnehmen zu können, ihn festzuhalten mit ihren Sinnen. Sie findet den Geruch nicht, kann sich an kein typisches Aroma erinnern. Seine Jacke, deren Moleküle sie während einer kurzen Berührung einatmen durfte, spielt im Traum nicht mit. Zigarettenrauch schwebt über Habichs Grab, wo bald ein kunstvoll gestalteter Stein Auskunft über die Bedeutung des Verstorbenen geben wird.

»Ein feiner Mensch, nicht wahr?«

Die Stimme gehört Ziva Schlott. Karlines Blick bleibt gesenkt. Nein, Rüdiger war kein feiner Mensch. Er war eigen! Eigen, nicht fein! Das kann Karline beschwören. Inzwischen hat sich auch Lore Müller-

Kilian der in Erdarbeit versunkenen Jungwitwe genähert. Der Hut ist Lore ins Gesicht gerutscht, das Tuch mit Bienenmotiven hängt lose über der Schulter. Sie duftet nach Chanel und Champagner.

»Ein feiner, feiner, feiner Mensch!«

Lores beschwipster Singsang wird durch pfeifendes Dröhnen unterbrochen. Drei Witwen lenken den Blick zum Himmel: Zwei dicht hintereinander fliegende amerikanische Twinjets vom Typ Adam A700, weiß mit seitlichen blauen Wellenstreifen, setzen zur Landung an. Während Lore den Flugzeugen zuwinkt, schreit Ziva Karline ins Ohr: »Ein feiner Mensch ist unser Eduard!«

Die Luft beruhigt sich. Karline denkt: Ich muss Bodendecker besorgen, damit sich meine Arbeit hier nicht ins Unendliche auswächst.

Die alte Kunstprofessorin wirft das Kippchen hinter sich, hustet, schnäuzt ins Papiertaschentuch, steckt es in die Tiefen ihres Faltengewandes. Den Frauen an Habichs Grab wünscht sie Fröhliches Trauern!, bevor sie sich den Hauptweg entlang Richtung Ausgang bewegt. Sie verlässt den Friedhof, nicht ohne einen verächtlichen Blick zur Gärtnerei zu werfen, die in ihren Augen geschmackloseste Pflanzen und Grabgestecke zum Kauf anbietet.

»Seelenkrempel! Aberglauben!«, schimpft Ziva.

Sie weiß um den Tod, diesen verschwindenden Moment des Lebens, der das Individuum kränkt. Sie selbst ist gekränkt, da ihr genau dieses Leben, das sie in apodiktischer Härte als Geburtskanal des Todes definiert, vor fast zwanzig Jahren die Stütze entrissen hat.

8

Die Peitsche hatte über dem Herd gehangen, in den Schränken der Vorratskammer, über dem Sofa in der guten Stube, neben dem Badeofen, der Kohlenhorde. Sie tanzte auf dem Ehebett von Malka und Mechel Scharlach, über den Flur, durch Vaters Arbeitszimmer und machte auch vorm Laufställchen der dreijährigen Ziva nicht halt. Die Peitsche begann zu zittern, sobald es an der Tür klopfte, klingelte oder jemand vor dem Fenster auf der Straße etwas zu den Scharlachs hinaufrief. Da konnte die Peitsche kaum an sich halten. Ihr Riemen schnalzte. Die Eltern duckten sich weg, um dem Schmerz auszuweichen, dieser ständigen Gefahr von Züchtigung und Strafe: Ju-den! Ju-den! Ro-te Lu-den!

Ziva war mit brandrotem Haar zur Welt gekommen. Ein Engel, den Malka und Mechel zum Botschafter ihres Glücks bestellten, jedoch mit keiner überirdischen Macht mehr in Verbindung bringen wollten. Doch die Angst, das ungezogene Eigenwesen, peitschte auch auf das Mädchen ein. Jahr um Jahr.

Warum?, wollte die Dreijährige wissen. Ihr Nachname sei halt gefährlich, erklärte Vater, viele Menschen hätten Angst, sich an Scharlach anzustecken. Die Leute seien allesamt feige und dumm!

»Da heißen wir eben Rotkäppchen!«, hatte Ziva trotzig beschlossen.

Malka drückte ihr Gesicht ins Haar der Tochter. Sie konnte gleichzeitig lachen und weinen. Mitunter war Zivas Kopf nass von Mutters Tränen. Malka nannte die Tränen *Morgentau* und versprach dem Kind: Sein Haar würde auf diese Weise dunkler, kräftiger und lockig wie das eines Erzengels werden.

Mechel, der als Wirtschaftsjournalist für die »Deutsche Tageszeitung« schrieb, versuchte, die Härte aufklärerischer Vernunft gegen Schwäche erzeugende Verführung bei Gutgläubigkeit und Phantasterei zu setzen: »Erzähl dem Kind keine Märchen! Wer heult, dem fallen die Haare aus.«

Auf den Tisch schlagend setzte er nach: »Erst die Haare, dann der Verstand.«

Am 1. April 1933 sprang die Peitsche so wild durch die Wohnung, dass Mechel Scharlach den Globus nahm und ihn drehte, mit den flachen Händen schlug, anfeuerte, als müssten sich all die Kontinente und Ozeane in panischer Rotation von der Erdkugel lösen.

»Wir müssen weggehen«, hatte Vater geseufzt,

»doch es wird Menschen geben, denen wir willkommen sind.«

So war Ziva über den Globus getrieben worden: Spanien, Frankreich, Schweden, Schweiz. Eine haltlose Reise unter der Angstpeitsche, die Malka und Mechel in jeder Fluchtstätte hinter die Tür klemmten, wieder und wieder, die – trotz aller Güte, mit der die Familie in den fremden Ländern aufgenommen wurde – auf VaterMutterKind einschlug. Unter den Schlägen war Ziva zusammengezuckt, doch ohne Bewusstsein von Verfolgung, wie ihre Eltern, die sich aneinander festhielten, durchgeprügelt von Furcht und stets wieder aufgerichtet von Hoffnung, die Welt würde begreifen, was den Menschen Recht und nicht billig ist: die herrschaftsfreie, klassenlose Gesellschaft. Dafür, sagte Vater, sei man am Leben geblieben. Mutter, der ein *Gott sei Dank* auf den Lippen lag, wurde zum Schweigen ermahnt.

Ziva lernte Spanisch, Französisch, Schwedisch, Züritüütsch. Sie lernte, wie man sich alle paar Jahre in neue Schulbänke drückt, wie man aufs Holz gekritzelte Tinte- und Kreidezeichen entschlüsselt, wie man Schürzen bindet, malt, singt, turnt und betet. Sie lernte gern, von Neugier befeuert, etwas zu erfahren, woran sie sich halten konnte. Schüler und Lehrer bewunderten die Deutsche mit dem seltsamen Namen, zumal sie allmählich zu einer aparten Schönheit wurde. Auch war Ziva bei ihren Schulfreundinnen von Marseille bis Stockholm begehrtes Frisurenmodell, da sie ihre roten Locken zu famosen Zöpfen zu flechten vermochte. Mitunter wurde sie von irgendwem *Juif*, *Judio*, *Judisk* oder Hexe gerufen. Doch kein Kind fragte, was Ziva Scharlach tatsächlich in ihre Mitte verschlagen hatte.

Die Nachricht vom Kriegsende hatte die Familie in Zürich erreicht. In langer Umarmung stand sie in ihrem kleinen Zimmer, das sie seit zwei Jahren beherbergte. Vater verkündete unter Tränen: »Wir fangen neu an. Wir gehen zurück. Es wird alles anders.«

Sie packten die Koffer. Kaum hatten sie den letzten Riemen festgezogen, starb Malka. An einem Schlaganfall, ohne Vorankündigung, Abschied oder Erklärung. Die Peitsche, die sich in letzter Zeit nur noch selten gerührt hatte, schlug wieder zu. Mechel schimpfte das Schicksal seiner Frau unwürdig, da es die Banalität simplen Körperversagens der Komplexität des menschheitsrettenden Gedankens, den Malka mit ihm geteilt und beschworen hatte, offenbar vorzog. Wütend war Mechel, da ihm der Tod das geistige Arbeitspensum reduziert und ihn stattdessen mit Haushalt, Erziehung und Geldbeschaffung in eine hilflose Ecke gestellt hatte. Trauer wollte er nicht gelten lassen.

»Es gibt Wichtigeres als das Ende eines Einzelnen«, behauptete er.

»Dich?«, fragte die vierzehnjährige Ziva schnippisch.

»Nein, den Glauben an eine gerechte Zukunft für alle.«

Am Tag von Mutters Beerdigung schnitt sich das Mädchen die Zöpfe ab und weinte *Morgentau*. Sie warf die Locken ins frisch ausgehobene Grab und verkündete: »Die Zeit der Engel ist vorbei.«

Der Riemen sauste ihr um die Ohren, und als er abriss, übernahm Vaters Hand die Strafe, eine fünfschwänzige Katze, die sich in Zivas Kurzhaar verkrallte. Bis es wieder zu ansehnlicher Länge gewachsen war. Bis Vater die Peitsche zerbrach, die Finger von seiner Tochter ließ und seine Lebensparole änderte: Kein Glaube mehr, nur noch Gewissheit!

Zwei Jahre nach Malkas Tod kehrte Mechel Scharlach mit seiner Tochter zurück. In jenen Teil Deutschlands, in dem die Neue Zeit verkündet wurde. Es sollte ihre Zeit sein. Deren Zukunftsidee die einzig wahrhaftige, die versprach, dem Verderb und Verbrechen eine neumenschliche Ordnung entgegenzusetzen. *Fort mit den Trümmern und was Neues hingebaut!* Steinzeit. Aufbau-Steine, schwer und schwankend zugleich: Zivas Zuversicht. Der ehrgeizige, inzwischen mit politischen Ämtern versehene Journalistenvater. Russisch, das Ziva als vierte Fremdsprache lernte.

Sie hatte Abitur gemacht und Kunstwissenschaft studiert. Vater hatte gefragt: »Warum nicht Ökonomie? Bauingenieur? Architektur? Warum überhaupt studieren? Das Land braucht Arbeitskräfte.«

»Ich interessiere mich für Kunst.«

»Kunst steht immer am Rand. Willst du abseits sein?«

Die neue Peitsche war die schlagende Frage nach dem Werden und Bestehen des Neuen Menschen. Der Ziva nach Vaters Wunsch sein sollte. Sie entschied für sich allein, und eines folgte dem anderen in raschem Tempo: Kunsttheorie, das bestandene Hochschulexamen, das ihr jedoch nicht genügte. Die eigenen künstlerischen Versuche, das Scheitern daran. Die Einsicht, dass sich das Dasein hierzulande nicht nach den Wünschen des Einzelnen, sondern nach kollektiver Notwendigkeit richtet. Parteimitgliedschaft, Forschungsstudium, Aspirantur. Die atem- und fraglose Zeit. Ziva trug den heimlichen Titel *die Scharlachrote*.

Der Betriebswirtschaftler Hartwig Schlott, direkt vom Ökonomiestudium als Assistent in die Verwaltung der Malakademie delegiert, war ein junger Mann mit schiefer Nase und in die Stirn gekämmter Tolle gewesen. Vom ersten Tag an war er beim Lehr- und Leitungspersonal sowie bei den Studenten beliebt. Zwar befand sich sein Arbeitsbereich im unkreativen Spektrum der Akademie, doch wo immer Hartwig Schlott auftauchte, steckte er alle mit seiner Fröhlichkeit, Aufmerksamkeit und Hilfsbereitschaft an. Er schien glücklich zu sein.

Das größte Glück hatte für Hartwig darin bestanden, dass er, indem er seinen Studienwunsch durchgesetzt hatte, dem Ort seiner Kindheit entsagen konnte: Kleinpaschleben, ein Nest zwischen Köthen und Bernburg. Der Name war Programm. Hartwigs Vater hatte als Beamter der Deutschen Reichsbahn gearbeitet, für den Krieg unabkömmlich, aber mit Herz und Gewissen vom Endsieg prahlend. Der Junge war sein Kreuz, da sich dieser, seiner Meinung nach, schon im Kleinkindalter mit Schwäche verursachender Intellektualität infiziert hatte: durch Bücher erworbene Phantasie, genährt von der lesebeflissenen Mutter. Auch liebte der Junge das Spiel mit dem Kaufmannsladen, schrieb Zahlenreihen auf Zeitungsränder, zählte Reichspfennige und begeisterte sich mit fünf Jahren für Algebra. Als Hartwig sich weigerte, ins Deutsche Jungvolk einzutreten, bezog er vom Vater Dresche. Ein Hordenführer wurde beauftragt, dem Widerspenstigen den Dreck aus dem Kopf zu waschen.

Keiner aus der Familie Schlott hatte jemals Sinn für Höheres gehabt, keiner je eine Universität besucht. Hartwig war der Erste, der studieren wollte. Nach der Grundschule lernte er den Beruf des Wirtschaftskaufmanns. Der örtliche Schulrat gab ihm die Erlaubnis für das Abendabitur. Hartwig bestand das Abitur mit »ausgezeichnet«, studierte Ökonomie. Vater Schlott, nach 1946 zum Weichensteller herabgestuft, hatte nur Verachtung für den Sohn übrig: Will der was Besseres sein? In Anbetracht der eigenen Zukunft verfiel Vater Schlott in Depression und verharrte darin bis zum Lebensende.

Ziva Scharlach hatte Hartwig Schlott anfangs nicht beachtet. Er war für sie einer jener zahlreichen Kommilitonen und Akademiemitarbeiter, die sie beäugten, ihr hinterherstrichen und es dennoch niemals wagten, *die Scharlachrote* auf etwas anzusprechen, das nicht gesellschaftliches, den Herausforderungen der Zeit zugeordnetes Miteinander meinte. Hartwig Schlott aus Kleinpaschleben hatte es gewagt. Indem er sich Ziva in den Weg stellte, über ihr langes Haar strich und sagte: »Du brennst.«

Und sie: »Du spinnst!«

Er bat Ziva, mit ihm tanzen zu gehen. Sie lehnte ab: »Tanzen ist dekadentes bürgerliches Vergnügen. Wir haben andere Aufgaben zu erfüllen.«

Wir, das sind du und ich, dachte Hartwig. Sie bezauberte ihn mit ihrem Widerspruchsgeist, ihrer verschlossenen Neugier, ihrer gezähmten Lust. Hartwig konnte ebenfalls zaubern: Er steckte eine Zigarette mit der Spitze in Zivas Mähne und brachte sie zum Glühen. Ziva hatte ihn entgeistert angeblickt, ihm die Zigarette aus der Hand geschnippt und behauptet: »Es gibt keine Wunder.«

Da gab ihr der Zauberer einen Kuss. Der schmeckte nach Tabak sowie einer ihr unbekannten Süßigkeit. Von da an trafen sie sich sonntags in der Milchbar. Ziva lernte von Hartwig Rauchen, auch Mambo, Rumba, Boogie-Woogie. Sie brachte ihm Disziplin bei und stolz zu sein auf die Errungenschaften der Neuen Zeit. Er war stolz und verliebt in alles, was ihm das Leben bot. Schrieb den Eltern nach Kleinpaschleben: Er habe sich mit einer jüdischen Kommunistin verlobt. Es kam nie eine Antwort. Ziva beglückwünschte den Geliebten zum Entschluss, sich von seiner Familie loszusagen, zeigte sich ihm gegenüber in diesem Punkt jedoch stets ein wenig verächtlich. Ihre Herkunft, hatte Mechel Scharlach ihr eingeredet, sei makellos. Hartwig bewunderte Ziva.

Er wurde Kandidat der Sozialistischen Einheitspartei, absolvierte ein Fernstudium in Kulturökonomie, bekam die Stelle des stellvertretenden Verwaltungsdirektors der Malakademie. Er und Ziva zogen gemeinsam in anderthalb Zimmer einer Erdgeschosswohnung. Genug für ein provisorisches Glück. Um wach zu bleiben, tranken sie von morgens bis abends Kaffee und rauchten um die Wette. Sie heirateten, bekamen eine größere Wohnung zugewiesen, promovierten beide.

Eine Fehlgeburt warf sie kurzzeitig aus der Bahn. Als Ziva mit der Prognose, sie würde auch in Zukunft kein Kind bei sich halten können, aus der Frauenklinik entlassen wurde, schlug ihr die Peitsche mitten ins Gesicht. Wie aus dem Nichts war sie wieder aufgetaucht. Sie tanzte eine Weile durch die neuen Räume, die das Paar bezogen hatte, lauerte ihm in den Ecken auf – erst, als sie glaubte, Platz zwischen den vielen Büchern zu finden, verlor sie an Macht.

Hartwig wurde zum Rektor der Akademie berufen. Ziva habilitierte und entwickelte eine rhetorische Kraft, über Kunst- und Gesellschaftsfragen zu referieren. Das Haar trug sie offen, rauchte noch immer Kette. Statt in übliche Kostüme oder Hosenanzüge kleidete sich die Professorin in weite Gewänder. Sie beeindruckte durch ihre Schönheit, Strenge und Stringenz. Ihre Vorlesungen füllten Hörsäle. Sie solle es nicht zu weit treiben, hatte Mechel Scharlach, der es inzwischen bis ins Zentralkomitee der Staatsregierung geschafft hatte, seine Tochter gewarnt. Sie versprach ihrem Vater nichts. Es war Zivas Zeit.

Eines Tages hatte der Kunststudent Eduard Wettengel bei Frau Professor Ziva Schlott vorgesprochen. Er war ihr bereits bei der Aufnahmeprüfung aufgefallen, dieser juvenile Lockenkranzglatzkopf mit Käppi, altväterlicher Hornbrille und eigensinnigen Ideen.

Heute sei er erschienen, erklärte der Student, um Frau Professor für einen Vortrag außerhalb der Malakademie zu gewinnen. Im Dachgeschoss eines leerstehenden Altbaus, das er ohne Erlaubnis der Wohnungsverwaltung besetzte, habe er eine Galerie eingerichtet. Dort würde er Werke junger, noch unbekannter Künstler ausstellen. Sie verträten weder Volkskünstlerisches, noch seien sie moderne Strohfeuer, nur eben unbekannt. Sie, seine verehrte Dozentin, hätte er als die kompetente Person ausgemacht, welche die nächste Ausstellung mit einer Rede eröffnen könne.

Ziva Schlott stutzte. Eine Zigarettenlänge benötigte sie, um zu überlegen und sich von dieser Offerte zu distanzieren. Immerhin lobte sie den Eifer des Studenten, bedankte sich für sein Vertrauen, bedauerte, nicht zur Verfügung zu stehen. Die Kunstszene außerhalb der offiziellen sei ihr fremd, sie hätte nichts dagegen – nein! –, aber sie könne und dürfe nicht darüber reden. Eduard Wettengel lächelte. Frau Professor vermutete reizvolle Durchtriebenheit. Dieses Lächeln – ein Zeichen unbedingter Hingabe an ihre Person! Oder war es ironische Herablassung, mit der sie der Student zu irritieren versuchte?

»Ich darf nicht«, wiederholte sie.

Wettengel machte eine kleine Verbeugung und dankte für die Bereitschaft, ihm zugehört zu haben. Ziva wollte wissen, warum er trotz ihrer Abfuhr so freundlich zu ihr sei.

»Weil ich es nicht als Abfuhr verstehe, und weil es ein nächstes Mal geben wird«, lautete Wettengels Antwort.

Ein nächstes Mal. Ziva Schlott hatte darauf gehofft. Nicht, dass sie das Bedürfnis zugab, doch sie trug die Hoffnung in sich: Dieser Junge würde Kunst und Leben zu fassen wissen, eine Spur zu übermütig vielleicht, aber klug genug, um sie, die Koryphäe der Kunstwissenschaft, mit seinem unausgesprochenen Werben am Ende für sich zu gewinnen.

Da sie die Begegnung mit dem Studenten nicht losließ, beschloss Ziva alsbald, sich über die erwähnte Galerie kundig zu machen. Ein paarmal besuchte sie vor Ort Ausstellungen, sprach mit Künstlern, übte Lob und Kritik, sah sich in deren experimentellen Techniken und subversiven Anspielungen ein. Zwar weigerte sich Ziva weiterhin, vor nichtakademischem Publikum aufzutreten, doch in ihren Vorlesungen referierte sie über Wegweisendes sowie Irrtümer zeitgenössischer Laienkunst. In diesem Zusammenhang erwähnte sie eine »außerordentlich interessante Galerie«, die durch den Studenten Eduard Wettengel mit privatem Engagement betrieben werde. Beifall im Hörsaal. Eduard war geschmeichelt.

Kurz nach dieser öffentlichen Eloge fand er seine Galerie verwüstet sowie zahlreiche Exponate gestohlen. Wegen illegaler Raumbesetzung sah er von einer Anzeige ab. Den Vorfall der Polizei zur Kenntnis zu geben war ohnehin nicht nötig. Am folgenden Tag wurde das Haus zwecks Abrissmaßnahmen abgeriegelt.

Eduard Wettengel erhielt die Nachricht seiner Relegation vom Studium. Frau Professor Schlott war empört über die vom Ministerium veranlasste Maßnahme gegen angebliche Staatsfeindlichkeit. Sie rief ihren Vater im Zentralkomitee an.

»Wer am Rand steht, kippt leicht nach unten«, lautete dessen Kommentar, bevor er den Hörer auflegte.

Ziva sprach in der Parteigruppe über Wettengels Rausschmiss und forderte von den Genossen Haltung. Der Rektor warnte seine Frau vor zu viel Courage und: Gegen Juristisches sei auch er machtlos. Man könne nur versuchen, die Strafe zu mildern. Hartwig und Ziva Schlott verhinderten ein Disziplinarverfahren gegen den Studenten, konnten seine Relegation jedoch nicht rückgängig machen.

Der Kunststudent Eduard Wettengel war zur Bewährung in die Produktion geschickt worden. VEB Grünanlagen- und Friedhofswesen. Sechs Uhr morgens musste er mit Hacke und Schaufel auf dem Nordfriedhof antreten. An der Seite kruder Gesellen, denen die tägliche Arbeit mit dem Tod bereits zu zähnebleckender Heiterkeit verholfen hatte. Sie spotteten den Neuankömmling *Schöngeist* und zeigten ihm, wie und in welche Abgründe es hier ging.

Wettengel hob Gräber aus, beschnitt Büsche, schob Schubkarren voll Laub, Erde, Abfall. Er räumte Grabstätten ab, die ihre Ruhefrist überschritten hatten, half dem Steinmetz, trank mit den Gesellen Morgen-, Mittags- und Feierabendbier. So lernte Eduard Wettengel fürs Leben. So bewährte er sich, indem er die Plackerei, die ihm von Staates wegen auferlegt wurde, in stolze Gewissheit kehrte: Es wird alles irgendwann ein Ende haben.

Eines Tages erwartete ihn Ziva Schlott vor dem Friedhofstor: eine Dame, deren weiter Überwurf sowie die rotwallende Haarpracht die Aufmerksamkeit der Gesellen erregte. Sie machten sich gerade auf den Heimweg, der, wie stets, von einem »Endzeitbierchen« in der nahe liegenden Kneipe unterbrochen werden sollte. Wettengel war unter ihnen.

»He, Schöngeist!«, frotzelte einer mit Fingerzeig auf die Dame, »ist die Kirsche nicht zu reif für dich?«

Bevor Wettengel etwas erwidern konnte, taumelten die Gesellen grölend ihrer Wege. Wettengel war überrascht vom Erscheinen der Professorin. Seit seiner Relegation hatte er sie nicht wiedergesehen. Jetzt kam ihm sein Zustand derart fatal vor, dass er am liebsten in eins der Erdlöcher versunken wäre, die er selbst ausgehoben hatte.

Ziva Schlott begrüßte ihn mit den Worten: »Na, da haben Sie ja ein aufmerksames Arbeitskollektiv.«

Wettengel winkte ab. Auch verweigerte er den Handschlag mit Ziva. Er fürchtete, dass ihm ein übler Geruch anhaftete und er den hohen Besuch nicht angemessen begrüßen konnte.

»Ich bin nicht gekommen, um Sie in den Arm zu nehmen«, sagte Ziva Schlott, »sondern um zu erfahren, wie es Ihnen geht.«

»Danke, gut«, antwortete Wettengel.

Sogleich ärgerte er sich über seine Antwort und überlegte, ob er aus Ehrerbieten wenigstens seine Mütze abnehmen sollte. Er tat es nicht, sondern flüsterte: »Frau Professor, ich freue mich...«

»Worauf?«

»Dass Sie mich nicht vergessen haben.«

»Ich habe Ihnen eine Zukunftsfrage gestellt, Wettengel.«

»Also gut. Ich freue mich, dass Sie mich nicht vergessen werden«, korrigierte der Student.

Er schenkte Ziva Schlott ein Lächeln. Sie nahm es an, behielt es eine Weile fest im Blick. Dann kramte sie in ihrem Überwurf und holte zwei Zigaretten hervor. Eine zündete sie an, die andere überreichte sie Eduard Wettengel.

»Auch ein Kippchen?«

Etwas hilflos steckte er die Zigarette zwischen die Lippen. Nun näherten sich Zivas Hände, wölbten sich um seine Wangen, um einen Windschutz zu bilden. Einerseits war es Wettengel peinlich, sein Gesicht das letzte Mal vor zwei Tagen einer Rasur unterzogen zu haben, andererseits genoss er den Duft, den Zivas Handflächen verströmten: eine Melange aus Tabak, Tinte sowie einer unbestimmten warmen Süßigkeit. Wettengels Speichel nässte die Zigarette, die er tapfer zwischen den Lippen zu halten versuchte. Qualm umwölkte sein Gesicht. Er schloss die Augen. Er sah nicht, wie der glimmende Punkt näher kam und treffsicher seine noch kalte Zigarettenspitze berührte.

»Ziehen!«, zischte Ziva aus halbgeschlossenen Lippen.

Der Student tat, wie ihm geheißen. Er paffte. Frau Professor hingegen rauchte. Er schmeckte beißende Bitternis. Sie konnte Rauchkringel fabrizieren, die Kunstwerken ähnelten. Wettengel hüstelte, gab sich Mühe, seine Geschicklichkeit unter Beweis zu stellen. Er bewährte sich.

So standen Ziva Schlott und Eduard Wettengel eine Zigarettenlänge vorm Tor des Nordfriedhofs nebeneinander. Auf der Straße zog der Feierabendverkehr vorbei. Allmählich dämmerte es. Sie schwiegen, was sich erregend anfühlte.

»Ich muss morgen früh wieder raus«, sagte Wettengel schließlich.

Er warf die Kippe auf den Boden und, wie er es sich bei Ziva abgeguckt hatte, trat darauf, um die Glut zu löschen.

»Schon recht«, meinte Ziva, »es gibt gemütlichere Orte. Gehen wir. Allerdings, wissen Sie: Es ist nicht gut, wenn man in solchen Zeiten allein ist.«

Es lag ihm auf den Lippen, den Wunsch zu äußern, seine Professorin begleiten zu dürfen – ein Stück des Weges oder ein Stück weiter, jedenfalls weit weg von diesem Ort, der fern jeder Liebenswürdigkeit und vor allem fern jeder Kunst lag. Doch Wettengel gab nur wahrheitsgemäß kund: »Verzeihen Sie, ich bin nicht allein. Ich wohne bei meinen Eltern, zusammen mit meiner Frau.«

»Pardon«, sagte Ziva, »ich wusste nicht, dass Sie im Stand der Ehe leben. Doch warum bitten Sie mich dafür um Verzeihung? Sie haben Ihre Kollegen Totengräber doch gehört: Ich bin eine allzu reife Kirsche. Kein Grund, sich auf mich einzulassen.«

»Unsinn!«, stieß Eduard Wettengel hervor. »Glauben Sie diesen Idioten nicht. Ich sehe Sie sehr gern. Sie sind eine faszinierende Frau. Und bitte grüßen Sie Ihren Mann von mir.«

Die Professorin verabschiedete sich mit kurzem, wie ihm schien, mitleidigem Blick. Der Student sah ihr hinterher. Sie spürte sein Begehren, drehte sich nicht um, hob jedoch zum Gruß die Hand. Der rote Punkt einer frisch angesteckten Zigarette leuchtete Wettengel voraus, dann machte auch er sich auf den Weg.

Nach einem Jahr Bewährung in der Produktion durfte Eduard Wettengel sein Studium beenden. Er tat es mit Bravour. In Folge wurde er zum Reservedienst der Nationalen Volksarmee eingezogen. Als ihn einmal der Stubenälteste ans Bett fesselte, ihm mit Schuhcreme den Schädel einrieb und ihn, unterm Gelächter der Kameraden, mit *Intelligenzbestie* betitelte, erlitt Wettengel einen Zusammenbruch. Vom Wehrdienst wurde er entlassen.

Nach längerer Krankschreibung vermittelte man ihm eine Anstellung als wissenschaftlicher Mitarbeiter in der Galerie des Staatlichen Kunsthandels. Es war ein Glück, mit dem er nicht mehr gerechnet hatte. Als Wettengel erfuhr, wem er dieses Glück zu verdanken hatte, war er sicher, Ziva Schlott würde ihn niemals vergessen.

Abermals wurde eine Neue Zeit verkündet. Ziva und Hartwig Schlott wussten nicht, ob sie ihr noch zugehörten. Die Malakademie stand vor der Auflösung, wurde jedoch nach Evaluation und Umstrukturierung als solche weitergeführt. Ziva war eine der wenigen Professoren, die ihren Lehrstuhl behielten. Auch Hartwig durfte sein Rektorat weiterführen. Sie galten beide als unbelastet. Ziva und Hartwig stießen so heftig auf ihre neue Zukunft an, dass ihnen schwindelte und sie sich fragten: »Wie konnte es dazu kommen?«

Mit sechzig ging Hartwig in Frührente. Ein Verdacht auf Kehlkopfkarzinom hatte sich bestätigt. Am Tag der Diagnose hörte er mit Rauchen auf. Ziva zeigte sich solidarisch, wurde jedoch rückfällig. Ihr Haar war im Laufe der Jahre erdfarben geworden. Sprach Ziva, hustete und krächzte sie. Sie drohte Hartwig: Würde er gehen, käme sie mit. Es sei unwürdig, sich von Krankheiten regieren zu lassen. Wir haben andere Aufgaben zu erfüllen. Wir, das sind du und ich.

Fünf Jahre blieben Hartwig noch zum Leben, drei davon mit Atemkanüle. Soweit es die Kräfte zuließen, ging das Paar aus dem Haus, besuchte Museen, Theater, Diskussionsveranstaltungen. Die Galerie Wettengel gehörte zu ihren bevorzugten Orten.

Nach der Auflösung des Staatlichen Kunsthandels hatte sich Eduard Wettengel selbstständig gemacht und die Galerie übernommen. Es war sein Traum gewesen, der so rasch in Erfüllung ging, dass er seinem Erfolg anfangs misstraute. In der Galerie traf sich, was Rang hatte und Namen, was in die Neue Zeit gehörte und doch anders war als diese. Als die Galerie ihr zehnjähriges Jubiläum feierte, war Hartwig Schlott bereits tot.

9

Nachdem sich das Triumvirat der Witwen auf dem Friedhof aufgelöst hat und man Eduard Wettengel für diesen Tag für weitere Gemeinschaft verloren glaubt, beschließt Ziva Schlott, sich noch ein wenig allein zu ärgern. Außerhalb ihrer eigenen vier Wände, die ihr, seit Hartwigs Ableben, nicht recht behagen.

Ziva kennt und verachtet die Gefühle um Sterben und Tod. Sie lenken vom Gesellschaftlichen ab ins Private; erschrecken, machen schwach, hilflos, uneinsichtig, wühlen auf, drängen weg von den Aufgaben der Befreiung des Menschen aus –

»Ja, was? Ja, was?«

Grummelnd überquert die alte Professorin die Straße. Der Park grenzt an den Friedhof wie das Leben an den Tod. Gleichnisse geben Ziva Sicherheit. Sie spaziert durch das noch nicht erblühte Rosarium, vorbei an Voliere, Liegewiese, Springbrunnen. Hinter dem Spielplatz, getrennt von einem Drahtzaun, befindet sich das Seniorenheim. Alles überflüssig!, denkt Ziva und geht weiter. Über Denkmäler und Plastiken, die

die Anlage seit mehr als sechzig Jahren zieren, urteilt die Kunstkennerin milde, obgleich sie die Einfalt der Gestaltung erkennt. Am Frieden, der im Park herrscht, interessiert sie weder das familiär Behagliche noch die vorösterliche Feierlichkeit. Auch die im Minutentakt aufsteigenden oder zur Landung ansetzenden Flugzeuge zieht sie nicht in Betracht. Ziva will ihre Ruhe.

Plötzlich treten sie hinterm Holunderbusch vor, zwei Spaziergänger in hellen Anzügen, heiter, jung wie der Frühling.

»Hoppla!«, ruft der eine und stellt sich Ziva Schlott breitbeinig in den Weg.

Als er ihr ratloses Gesicht bemerkt, kommt er ihr so nahe, dass sie seinen Atem spürt.

»Wollen Sie mir etwas sagen oder schnorren?«, fragt Ziva.

»Wir wollen, dass du dich von uns fernhältst«, haucht der Mann.

»Ich habe Sie nicht gebeten, mich zu belästigen.«

Ziva wehrt sich mit belegter Stimme.

Stille. Selbst der Park ist stimmstarr. Bis sich der Mann an seinen Begleiter wendet: »Hast du das gehört? Ich belästige Juden? Bin fremdenfeindlich? Intolerant? Aggressiv? Das ist eine Beleidigung! Dabei wollte ich die Ische doch nur um Feuer bitten. Da haben wir's wieder: Lügen. Immer diese Lügen, die sie unsereins unterstellen. Was hab ich dir getan, Alte?«

Ziva spürt, wie ihr das Blut zu Kopf steigt. Sie schnappt nach Luft, wedelt mit den Händen.

»Ach«, fährt der Mann fort, »jetzt denkst du, du kannst mich von hier verscheuchen? So dreist! So feige! Was sagt denn die Thora zum Thema Lügen? Aber vielleicht bist du gar kein Jude, sondern Zigeuner. So wie du rumläufst, mit den Loden! Sind die eigentlich echt?«

»Grau«, flüstert Ziva, »meine Haare sind Asche.«

»Und daran bin ich schuld?«

Der Mann will ihr in den Schopf greifen.

»Lass gut sein. Sie hat's verstanden«, beschwichtigt ihn sein Kumpel.

So unvermittelt wie die jungen Männer gekommen sind, verschwinden sie und ziehen weiter. Von ferne vernimmt Ziva das Lachen der beiden. Als sie sich wieder in Gang gebracht hat, hört Ziva neben sich ein kurzes Pfeifen, gefolgt vom zirpenden Knall einer Peitsche. Dann kehrt wieder Frieden ein.

»Langsam fange ich wohl an zu spinnen«, murmelt Ziva Schlott.

Der Freisitz des Cafés ist geöffnet, die Menschenreihe vor dem Budenausschank zu lang, um eine weit über achtzig Jahre alte Frau zum Anstehen zu ermuntern. Ziva winkt ab, hustet, und um sich für ihren klugen Verzicht auf Kaffee zu belohnen, nestelt sie in den

Innentaschen ihres Kleides nach einem Kippchen. Als sie weitergehen will, wird ihr schwindlig. In diesem Moment stützt sie der Arm eines Mannes. Abermals fährt ihr der Schrecken in die Glieder, dann sieht sie, der Arm gehört Eduard Wettengel.

»Gott sei Dank, du bist es«, schnauft sie.

Sogleich fühlt sie sich besser und überlegt, ob sie die eben erfahrene Schwäche für die Situation nutzen oder abwehren soll. Es ist eine Entscheidung zwischen Wettengels Mitgefühl und seiner Bewunderung für die fest im Leben stehende Seniorin.

»Was für ein schöner Zufall«, sagt er, »dabei sind wir uns erst vor einer Stunde begegnet.«

Eduard lässt Zivas Arm los, und doch macht er, wie ein Schüler, der gelernt hat, vor der geringsten Autorität zu parieren, Ziva das Angebot eines gemeinsamen Kaffeetrinkens. Sie erwidert Wettengels Lächeln, fährt mit den Fingern durch ihr Zottelhaar und doziert: »Sollte es Zufälle geben, folgen sie einem Gesetz. In unserem Fall ist es das der Kohärenz deiner und meiner Erfahrungen. Wir sollen offenbar nicht voneinander loskommen. Außerdem hast du mich eben vor den Folgen eines sehr unangenehmen Besuches gerettet. Ich danke dir.«

»Ich verstehe nicht«, sagt Wettengel, »wen hattest du zu Besuch?«

»Auswüchse meines verblödeten Verstandes!«

Eduard Wettengel fühlt sich nicht ernst genommen. Sie wird wunderlich, denkt er. Rasch ordert er für Ziva eine Tasse Kaffee, für sich Espresso. Den Espresso herunterkippend, will er sich verabschieden. Ziva hält ihn bei sich. Ohne ihn zu berühren. Auch sie trinkt schnell, doch nur, um sich die ersehnte Zigarette anzustecken.

»Weißt du eigentlich«, fragt sie schmauchend, »dass ich dich schon bewundert habe, als wir uns das erste Mal begegnet sind?«

»Tatsächlich?«

Wettengel spürt den süßen Stich des Stolzes. Kurzerhand verwirft er den Abschiedsgedanken und bietet Ziva Schlott seinen Arm. Das aus dem Jackenärmel hängende Hemdbündchen. Sie bemerkt es.

Der Galerist und die Kunstkennerin spazieren durch den Park. Wettengel ist unsicher, ob er den Eindruck, den er dreißig Jahre zuvor auf sie gemacht hat, vertieft haben will, oder ob er sich ihrer erloschenen Macht entziehen soll. Ziva fühlt sich an der Seite des jungen Begleiters sicher und beseelt von neuer Einsicht. Die Aufhäufung ihrer Lebensbausteine, die sie bislang mit unerschütterlichem Verstand betrieben hat, gerät zum Gedankenspiel. Die Freuden gehen am Stock, das Leben geht weiter. Gern würde Ziva solche und andere Gedanken mit Wettengel teilen. Sie ist betört von seinem Wesen und der nachlässigen Schönheit seiner Erscheinung. Vor der Bronze der *Turnenden Knaben* halten sie inne.

»Nun?«

Ziva fixiert ihren Begleiter von der Seite.

»Späte Fünfziger«, antwortet er beflissen.

Ziva streicht über das Bein eines der in Bronze gegossenen Knaben.

»So stell ich mir dich als Kind vor: zart, zugleich von Kraft durchdrungen.«

Wettengel zuckt zusammen. Er wehrt die Interpretation mit der Bemerkung ab: Er habe sich nie im Leben für Sport interessiert. Ziva, von Wettengels Humorlosigkeit überrascht, versucht, das Gespräch auf allgemeine Stilfragen zu lenken. Schließlich unterbreitet sie den Vorschlag, er möge in seiner Galerie doch einmal frühsozialistische Bildhauerarbeiten präsentieren. Sie selbst stelle sich für eine Publikumseinführung zur Verfügung.

»Ich werde es mir überlegen«, sagt Wettengel, sich aus ihrem Arm befreiend.

»Verabredet?«

Ziva blickt den Mann mit zusammengekniffenen Augen an. Wettengel errötet. Quer über die Wiese läuft er, hastig, mit weit ausholenden Schritten.

10

Wenige Wochen nach Ostern kehren die Langstreckenzieher aus Afrika zurück. Nachtigallen, Kuckucke, Rotschwänze, Störche. Sie überfliegen den Friedhof. Manche machen dort eine letzte Rast, andere bleiben.

Die *Schwalbe* fliegt am Zaun, der den Friedhof von der Straße trennt, vorbei. Knapp vierzig Stundenkilometer fliegt sie und gerät ins Blickfeld von Lore Müller-Kilian und Karline Regenbein. Wie so oft in letzter Zeit sind sich die Witwen bei der Grabpflege begegnet. Als würde die gleiche Wahrnehmung des Ortes und der gestalterischen Tätigkeit, die sie ihren verblichenen Lieben angedeihen lassen, die Frauen zusammenbringen. Heute bemerken sie ein knallblaues knatterndes Kraftrad, das seine beste Zeit in den Sechzigern gehabt hatte. Das, trotz des vom Besitzer betriebenen Restaurierungsaufwandes rattert, pufft, röhrt, sodass die Krähen kreischend zwischen Grabstätten hoch- und in die Wipfel der Bäume fliegen. Auch Lores Bienentuch fliegt, flattert vor ihrem Gesicht, und sie reißt es empört herunter, denn erst jetzt ist sie in der Lage zu erkennen, wer auf der blauen *Schwalbe* sitzt.

»Hach! Unser feiner E-du-ard!«, ruft sie und fügt enttäuscht hinzu: »Ich dachte, er fährt Auto, oder wenigstens eine Harley.«

»Selbst Fahrrad wäre schicker«, sagt Karline, obwohl ihr nichts gleichgültiger ist als die Frage, wer welches Fahrzeug oder ob überhaupt jemand eines fährt. Sie selbst besitzt keinen Führerschein, doch im Moment, da sie auf dem Moped Eduard Wettengel erblickt, durchzuckt sie der Wunsch, den chromumrahmten Sattel zu besteigen.

»Unglaublich!«, ruft Lore Müller-Kilian.

Lores überlegene Lästerart bewundernd, schilt sich Karline unkontrolliert, instinktlos, anmaßend.

»Er trägt Rucksack, hast du das gesehen?«, fragt Lore, als handele es sich bei Wettengel um einen Dieb oder Hehler.

Karline kann sich an keinen Rucksack erinnern, da sie den Rücken des Fahrers mit eigener Vorstellung in Verbindung gebracht hat – eine weitere gedankliche Übergriffigkeit, die sie in Selbstzweifel stürzt. Karline fällt nichts anderes ein, als Lore zu bestätigen. Mit gespielter Lockerheit mutmaßt sie, Wettengel sei nicht der feine Herr, als welcher er den Trauerschwestern erscheine. Lore seufzt, wickelt sich das Bienentuch um den Hals, zurrt es mit der Spange straff und blickt der *Schwalbe* hinterher. Nach einer Weile stummer Enttäuschung will Lore von Karline wissen, ob sie die Erklärung für Wettengels Rucksackleidenschaft ebenfalls darin sähe, dass er womöglich solch ordinäres Behältnis zum Einkaufen benötige. So eine antike Karre verfüge ja nicht einmal über einen Gepäckträger.

»Ich kaufe auch mit Rucksack ein«, gesteht Karline.

Wieder schämt sie sich. Weil sie alles fraglos akzeptiert, weil sie einen Rucksack passend zum Moped findet, überhaupt passend für alles, was diesen Mann ausmacht.

»Für wen schleppt er denn all die Einkäufe heran?«, will Lore Müller-Kilian wissen.

Sie lüftet ihren Hut, um den Verdacht verfliegen zu lassen, Wettengel beköstige mit Bergen von Delikatessen eine Gesellschaft, von der sie, die lustige Witwe, ausgeschlossen sei.

»Es kann uns doch egal sein«, meint Karline.

»Es ist mir egal!«

Wie rote Blütenblätter liegen Lores lackierte Fingernägel auf Karlines Parka. Karline hält den Atem an. Einerseits befremdet sie Lores Berührung, andererseits macht sie deren Vertraulichkeit stolz. Noch nie hat sie ein derart hochgestellter Mensch angefasst. Nebeneinander schlendern die Frauen am Friedhofszaun entlang. Zwischen Spechtpochen, Zwitschern, Insektengebrumm erwärmt sich die Luft. Zwar kommt

Karline nicht umhin, immer wieder den Blick auf ihre Latschen zu lenken, die neben Lores Hackenschuhen ungehörig plump wirken, doch sie nimmt den tänzelnden Schritt sowie einen Hauch vom aristokratischen Duft ihrer Begleiterin auf. Als sie den Hauptweg kreuzen, hält Lore inne. Unter der Hutkrempe aufblickend setzt sie eine Frage nach: »Was glaubst du, wen will Eduard bekochen?«

»Dich nicht«, entfährt es Karline.

Sie verbessert sogleich: »Uns nicht.«

Lore überlegt: »Wer weiß. Vielleicht kommen seine Eltern zu Besuch, oder er muss ein Dienstessen für den Kultursenator veranstalten, oder...«

»... er kocht für Ziva.«

In diesem Moment explodiert die Luft. Ein metallenes Delta schießt über die Köpfe der Friedhofsbesucher hinweg, mit Überschall, mit keinem herkömmlichen Grollen und Pfeifen zu vergleichen, nicht mit dem Dröhnen, das nach Sekunden im Abgebrumm der Turbinen und Einrasten der Fahrwerke ausläuft – die Maschine, den Himmel für Augenblicke verdunkelnd, befindet sich im Supercruise eines irren Überflugs, stößt heißen Gasstrom aus, fegt Lore Müller-Kilian den Hut vom Kopf und taucht ein in die Weite des Weltalls.

Sechzehn Uhr achtunddreißig. Betäubt stehen die Witwen zwischen den Grabstätten. Das Perlen- und Knopfgelege auf Lores Hut ist zerstört, die Krempe verbogen. Karline zittert. Ihre Lippen sind blau. Lore zieht einen Glossstift aus der Handtasche und nähert sich Karlines Mund. Überrascht und wehrlos lässt sie sich die Lippen bemalen: zwei rote Striche. Lore lacht. Als könne sie mit ihrem Gelächter den Überfall des ungeheuerlichen Flugobjektes vergessen machen und aufs Wesentliche ihrer Existenz zurückkommen: der Frage danach, wem Eduard Wettengels Gastfreundschaft gilt. Der Name Ziva war gefallen.

»Pah!«, ruft Lore.

Sie laufen den Weg zurück. Maiwärme lockt die Witwen zum Verweilen in der Natur. Die Gräber, die sie zu pflegen haben, sind aufgeputzt und halten ihrer Kontrolle stand. Lore bedauert, diesmal kein Fläschchen Veuve Clicquot bei sich zu haben. Wie gern würde sie den perlenden Trost mit Karline teilen, sie aufmuntern, entgrauen, heiter und gefügig machen. Längst hat Karline die Farbe von ihren Lippen gewischt, schnöde mit dem Handrücken, und nun löst Lore das Tuch vom Hals und legt es ihr um.

»Es steht dir!«

Karline duldet Verkleidung nur in der Kunst. Sie weist das Tuch von sich: Es fände allenfalls Platz auf einem ihrer Bilder, tauge als Detail einer fiktiven Figur, als Emblem der Fantasie. Nicht als reales Objekt. Nicht jetzt, nicht hier auf dem Friedhof, wo sich die Malerin der Hingabe an ihre Erinnerungen an Rüdiger Habich verpflichtet fühlt. Bevor Karline Lore das Tuch zurückgibt, betastet sie die Seide, fürchtend, ihre Finger könnten das Gewebe zerreißen und – so sieht sie es – die Bienen aus dem Stoff gelöst davonfliegen.

»Ach, Schätzchen«, seufzt Lore.

Sie lenkt die Schritte Richtung Urnenfeld, das von granitenen Grabsteinen besiedelt ist und von Eduard Wettengel Trauergalerie genannt wird. Zielgerichtet führt Lore Karline zum Rosenstock, der im Frühsommer gelbrote Blüten trägt. Auf dem Stein die Inschrift ODILA WETTENGEL.

»Wer war sie eigentlich?«, erkundigt sich Karline.

Sogleich beteuert sie Gleichgültigkeit gegenüber jeglichem, das tieferes Interesse an Wettengels Familiengeschichte vermuten ließe: »Es geht uns ja nichts an.«

»Natürlich geht es uns etwas an«, entgegnet Lore Müller-Kilian, »Eduard gehört zu uns. Wir müssen uns um ihn kümmern, das heißt, wir müssen ihn kennen. Sieh diese Rose. Gestutzt bis zum Erbarmen, in der Hoffnung, dass sie bald wieder austreibt. Der Arme! Er kommt über den Tod dieser Frau nicht hinweg. Dabei weiß keiner genau, woran sie gestorben ist. Oder ob überhaupt.«

»Wieso sollte sie nicht gestorben sein?«

»So ein Stein will nichts heißen. Manchmal gibt es kein Grab, und du bist dir trotzdem sicher: Der Mensch, den du liebst, ist tot. Obwohl er nur schläft und nicht mehr aufwachen will, damit er dich nicht sehen muss. Weil du ihm zu viel geworden bist, oder zu wenig. Ich fürchte, Eduard kennt sich in seinem Leben, besser gesagt: in seiner Liebe nicht aus. Er schneidet die mickrige Rose, als sei sie eine Dornenhecke, durch die er hindurchmuss.«

»Schrecklich«, sagt Karline.

»Ich verrate dir noch etwas! Keiner von uns hat Odila je zu Gesicht bekommen, doch eines ist gewiss: Diese Frau hatte nie etwas mit Eduards Leidenschaften am Hut. Bestimmt war sie kleiner als du, fett, voller Sommersprossen, mit Zähnen wie ein Pferd. Sicher hatte sie einen Beruf. Sagen wir: Apothekenhelferin. Oder Hebamme. Hebamme würde passen! Ihr Kinderlein kommet. Ein eigenes Kind hat Frau Wettengel nie zur Welt gebracht. Vielleicht war ihr das Kinderkriegen durch den Beruf verleidet worden, oder sie konnte keine gebären, oder es lag an Eduard…«

Karline unterbricht Lores Rede, indem sie einwendet, Lore könne das Verhältnis der beiden unmöglich beurteilen, da sich Eduard diesbezüglich mit Äußerungen stets zurückgehalten, sich regelrecht verschlossen habe.

»Dir gegenüber vielleicht«, prahlt Lore, »mit mir hat er sich oft über Privates ausgetauscht. Und er tut es noch immer!«

Karline schluckt an Zweifeln. Unruhe überkommt sie.

»Nun«, fährt Lore triumphierend fort, »ich besuche Eduard jede Woche. Wohlbemerkt: in seiner Galerie. Wir sitzen zusammen, reden über dies und das, natürlich auch über bildende Kunst. Darin ist er wirklich firm. Einmal hat er sogar diese schauderhaften Teerportraits, zu denen dich dein Mann gezwungen hat, erwähnt. Das Feld der Malerei ist bunt und weit. Eduard und ich können wunderbar miteinander plaudern. Da wird es natürlich manchmal spät. Wenn der letzte Kunde gegangen ist, trinken wir ein Gläschen, und es wird noch später. Du hast recht. Im Grunde ist er scheu und will nichts von sich preisgeben. Am Ende tut er es doch. Weil ich ein offenes Ohr habe, weil er mich…«

»Und du wusstest nicht, dass er Moped fährt und Rucksack trägt?«, unterbricht Karline.

»Ein Mann, der mich nicht überraschen kann, ist langweilig.«

Abermals legt Lore ihren Arm um die Malerin. Jetzt, wo sie sich sowohl mit ihr als auch mit Eduard duzt, schafft sich neue Vertrautheit Raum. Lore drängt es, Karline mit sich zu ziehen auf ihrem Weg über den

Friedhof. Sie plaudert von sich, von der Zeit, die sie im Übermaß besitzt, die ihr das Leben auszukehren scheint, und die sie mit Aktivitäten füllt: Galerien, Oper, Theater, Akademien, Spendengalas. Geld, verkündet sie, besitze sie ebenfalls mehr als genug, das kilianische Erbe sei ein stetig fließender Brunnen, und am liebsten erwerbe sie Gemälde. Großformatige expressiv-abstrakte Farbfelder, die als fulminantes Dekor die Wände ihres Hauses schmücken.

»Eduard war bei dir zu Hause?«, erkundigt sich Karline vorsichtig.

»Nein«, gibt Lore zögernd zu, »aber du musst mich besuchen.«

»Ach«, wehrt Karline ab, »du würdest dich mit mir langweilen, und mit dem, was ich tue, kannst du eh nichts anfangen.«

»Du bist ein Schätzchen! Wenn ein Fachmann wie Eduard sich für eine wie dich interessiert, habe ich etwas nachzuholen. Bildung nämlich.«

»Bildung?«

»Ich weiß, es klingt unlustig, doch ich spüre eine Art Appetit... auf das, was du denkst, auf deine Farben, auf... Du besuchst mich, keine Widerrede!«

Lore lässt Karline los, klopft ihren Hut aus, bindet das Bienentuch um und stöckelt auf den Ausgang des Nordfriedhofes zu.

11

Es ist bereits die dritte Skizze, die Karline Regenbein mit Bleistift zu Papier bringt. Der Tag zeigt sich vor dem Fenster der Arbeitsstube als wabernde Grisaille. Skizzen genügen Karline nicht. Aber seit Wochen meidet sie die Staffelei, verwehren sich ihr Pinsel, Ölfarben und Tempera. Nichts kann die Malerin zum großen Format verlocken. Gerade mal ein paar aquarellierte Postkarten hat sie in letzter Zeit zustande gebracht – vergebliche Versuche, in ihre Arbeitswelt zurückzufinden. Auf Tuben, Tuschkästen und Mischpaletten sammelt sich Staub. Wie an vergangenen Tagen sitzt Karline schon vor zwölf Uhr am Tisch. Fröstelnd, die Augen zur Wand gerichtet, an der ihre Gemälde von Vergangenem künden. Mitunter wendet Karline ihren Blick Richtung Fenster. Sie steht vom Tisch auf, schürt die Glut im Kachelofen, schließt die untere Klappe. Langsam wird es wärmer. Karline legt sich aufs Bett und gräbt ihr Gesicht in die Decke.

Die Stunde der Trauerwölfe. Sie treten aus dem

Nebel durch die Fensterscheiben, schleichen heran, lautlos, ihr schlechter Atem füllt den Raum. Sie fallen Karline an, verbeißen sich in ihr. Karline heult auf, beißt zurück, reißt die Tiere von sich ab, springt vom Bett. Sie eilt ins Kochkabuff, um sich über dem Spülbecken das Gesicht zu waschen. Mit dem Handtuch rubbelt sie es trocken und sieht im Spiegel ihr neu ermuntertes Gesicht. Ihr Vorsatz: Morgen beginne ich. Auf dem Küchentisch das Festmahl: Butter, Honig, und Karline bricht ein Stück Brot vom Laib.

In der Dämmerung verlässt sie das Haus. Nach dem Kampf mit den Trauerwölfen fühlt sich Karline erlöst, kann die Ungebundenheit, die sie nach Habichs Tod wiedererlangt hat, genießen. Keiner läuft neben ihr, keiner schleicht hinter ihrem Rücken, keiner befiehlt: *Du bleibst bei mir!* Weder muss sie Habichs Eifersucht fürchten noch seine Langeweile, seine Filme, seine Einschlafattacken. Die Ikonen des Habich'schen Antlitzes modern im Keller und tauchen nur ab und zu in ihren Träumen auf. Und doch zieht es Karline dorthin, wo sie ihn treffen wird.

Sie hört das Grollen der Flugzeuge. Hebt sie den Kopf, blickt sie in den wie mit Kohlestift überzeichneten Himmel. Sehen die Piloten keine Landebahn, wie werden sie den Anflug meistern? Sie weiß, dass sie kindlich denkt. Es gefällt ihr, schlichte Vermutungen anzustellen und ihr befreites Dasein in märchenhafter Kulisse wirken zu lassen.

Die meisten Gräber sind frisch mit Pfingstgrün bepflanzt. Das Flackern der Grabkerzen, das mit zunehmender Dunkelheit den Ort illuminiert, lockt Karline Regenbein auf Wege, die außerhalb ihrer gewohnten liegen. Es nieselt. Karline setzt die Kapuze des Parkas auf. Sie ist die Einzige, die sich um diese Zeit auf dem Friedhof befindet.

Hinter dem Koniferenareal mit seinen exklusiv gestalteten Gemeinschaftsgrabanlagen findet Karline den Weg, der sie zu den bekannten Stationen ihrer Trauergemeinschaft führt. KILIANS Erbbegräbnis setzt eine Lichtouvertüre: Der Rhyolith wird beleuchtet von einem in gläserner Ampel befindlichen künstlichen Dauerbrenner. Dieser wiederum ist umstellt von Öllichtern, deren Flämmchen die erwärmende Aussicht auf Ewigkeit beschwören. In der Pflanzschale entdeckt Karline zwischen schimmerndem Chinaschilf einen Champagnerkorken. Sie steckt ihn in die Manteltasche, wo sie ihn wie einen Handschmeichler befühlt.

Du besuchst mich!, hatte Lore Müller-Kilian befohlen. Karline besucht selten jemanden, schon gar nicht, wenn sich dieser auf solch übersättigtem Lebensniveau wie dem der Fabrikantenwitwe bewegt. Karline scheut sich vor Gesellschaft. Kann nicht parlieren, hat keinen Sinn für Delikates, keinen für die geschäftigen

Gesten des Kulturbetriebes. Sie besitzt nichts, was sie wohlgefällig nach außen kehren könnte. Dennoch steigt beim Gedanken an Lore Müller-Kilian Neugier in ihr auf. Sie ist versucht, deren Befehl nachzukommen. Doch erst mal macht sich Karline auf zur nächsten Station.

Die Grabstätte HARTWIG SCHLOTT trägt Spuren von Damenbesuch. Im Efeu glimmt ein zur Hälfte niedergebranntes Wachslicht. Auf dem Weg regenzerweichte Zigarettenkippen. Die Tiere scheinen sich dem Ort zu nähern. Karline weiß es richtig zu deuten. Es ist das aus schweren Wolken gedämpfte Dröhnen anfliegender Maschinen.

In Gedanken entwirft Karline Regenbein ihr Gemälde: im undurchsichtigen Meer drei Nereiden, umgeben von Delfinen und Hippokampen, welche den Ritt auf ihrem Rücken anbieten. Doch die Nymphen spielen mit sich allein, im Wasser einander umtanzend, das osmotische Durchdringen von Jugend und Alter, Schlichtheit und Weltgeist, Makel und Vollendung. Karline entwirft ein Bild der Fröhlichkeit im utopischen Raum bedingungsloser Liebe, in einer kreatürlichen Gemeinschaft, darin sich jedes mit anderem ergänzt. Die attraktivste Nereide, nimmt sich die Malerin vor, wird Lores Züge tragen, und Ziva sich in einer Nymphe mit struppigem Haar wiederfinden.

Die Künstlerin selbst soll die Begierde des Meergottes durch einen sie umhüllenden Schleier wecken. Über allem werden mannigfaltige Gestirne stehen. Von links oben allerdings wird in schrägem Flug etwas Richtung Bildmitte stürzen – ein Flugzeug, ein Stern, ein stählerner Strahl, ein Vogel, wer weiß.

Karline entfernt sich von der Grabstätte, welche Ziva Schlott offensichtlich harte Pflicht abnötigt, dieselbe zu pflegen. Die Kunst hat Karline wieder. In Vorfreude baldiger Gestaltung denkt sie weiter über ihr Bild nach. Sobald die Skizzen vollendet sind, werden Lore und Ziva Modell sitzen. Daraufhin wird das eigene Konterfei ins nereidische Dreigespann eingebracht. Am Ende der Meergott. Doch Habich, schwört Karline, Habich wird ihr an keiner Stelle den Pinsel führen!

An der dritten Grabstation lässt das Nieseln nach. Dunkel ist es geworden. Vom Urnenfeld mit den gleichmäßig aufragenden Graniten wird Karline zurückgewiesen. Die Grabkerzen: Irrlichter, vom Abendnebel geschluckt. Einzig vom Stein mit der Inschrift ODILA WETTENGEL blinken drei Kiesel, solche, wie sie Hänsel und Gretel als Wegweiser hinter sich fallen lassen, um aus dem Märchenwald nach Hause zurückzufinden. Karline steckt die Kiesel in ihre Tasche zum Korken.

Das Tränende Herz schweigt. Welker Duft kriecht über Rüdiger Habichs Ruhestätte. Eine Wühlmaus sucht ihren Fluchtweg zwischen Stiefmütterchen und verrotteten Frühblühern. So geht es jetzt jedes Jahr, fürchtet Karline Regenbein. Sie versucht, sich auf den Vorsatz des von ihr zu schaffenden Gemäldes zu konzentrieren. Da sie den Blick nicht von jener Stelle, die noch immer kein Grabstein ziert, löst, schämt sie sich ihrer Eigensucht. Weder Grablicht noch Gedenkkiesel hat sie mitgebracht. Nicht mal ein Teelicht, das an Rüdigers verflogene Seele hätte erinnern können. Grollender Grauhimmel. Irgendwo wird eine Salve abgefeuert. Gickerndes Nachtgetier, ein Greifvogel – Karline kann nichts erkennen. Nach Verklingen der Salve die Stimme: *Ich weiß, wo du bist.*

12

Die auf einen Keilrahmen gespannte Leinwand misst zwei mal drei Meter. Behutsam taucht Karline Regenbein den Pinsel ins Leimwasser, bestreicht die Fläche, kreisförmig, von der Mitte nach außen, bis die Ränder erreicht sind. Den Stoff im Gegenlicht betrachtend, prüft sie ihn auf eventuelle Lücken, korrigiert, stellt die Leinwand zum Trocknen auf. Am folgenden Tag verarbeitet Karline Wasser, Alaun, Hasenhautgranulat, Zinkweiß und Champagnerkreide zu einer Paste. Die Grundierung für das Bild ihres Lebens.

Das Klingeln des Telefons reißt sie aus der Gewissheit des Beginnens. Die Friedhofsverwaltung teilt mit, in drei Tagen würde das Grabmal errichtet.

Die Skulptur aus Cortenstahl stellt eine surreale Kamera dar. In deren gläserne Linse ist mittels Laserstrahlverfahren der Name RÜDIGER HABICH eingraviert. Darunter der Schriftzug *Fotograf* sowie die Angabe der Lebensspanne des Verstorbenen. Der Steinmetz befestigt die Skulptur auf einer Sandsteinstele und verankert den Sockel in der Erde. Der Künstler, ein stadtbekannter Bildhauer, lässt sich von der Witwe auszahlen. Siebentausend Euro in bar. Er tröstet sie mit dem Hinweis auf die Skulptur: »Die verwittert nicht.«

Karline betrachtet sie lange. Glasauge in Rostbüchse, denkt sie. Solltest du je etwas auf mein Grab pflanzen, hatte Rüdiger zu Lebzeiten gedroht, muss es auf meine Bedeutung als Fotograf verweisen. Karline blinzelt. Die Kamera richtet sich auf sie. Wohin sie den Blick auch wendet, wird sie von ihr verfolgt. *Ich weiß, wo du bist.* Karline kommt sich verraten vor, klein, dumm mit ihren Stiefmütterchen samt Herzchengeläut. Die Leinwand, die sie in ihrer Arbeitsstube erwartet, nur mehr Grundlage für laienhafte Lustbefriedigung. Karline reibt sich die Augen. Funkengewitter hinter den Lidern. Abermals Gickern in der Luft! Diesmal nur wenige Schüsse.

Da steht er hinter ihr. Wie aus der Erde emporgestiegen, beinahe mythisch, da Karline ihren Augen nicht traut.

»Interessant«, sagt Eduard Wettengel.

Er beglückwünscht Karline zur Aufwertung der Grabstätte ihres Gatten und wünscht einen guten Tag und erkundigt sich nach ihrem Befinden und ihrer Arbeit und sieht ihre verhangenen Augen und sagt unverhofft, wie von einer außerordentlichen Idee beseelt: »Ich würde mich freuen, dich heute Abend bei mir begrüßen zu dürfen.«

Elsternkeckern. Das Fauchen einer aufsteigenden Boeing. In die zitternde Stille danach Karlines Stammeln: »Sehen? Du mich? Allein?«

»Du kannst Rüdiger gern mitbringen.«

Da ist es wieder: Wettengels Lächeln. Die Kamera fängt es ein.

»Ich weiß nicht… ich weiß gar nicht, wo du wohnst«, stottert Karline.

»Das werde ich dir auch nicht verraten. Ich wünsche mir, dich zu einer Vernissage in meiner Galerie begrüßen zu dürfen. Du kennst den Weg?«

»Galerie. Natürlich. Entschuldige.«

Hinter Karlines Schläfen klopft der Puls.

Am Zaun neben der Galerie Wettengel parkt die *Schwalbe*. Auf dem Hausvorplatz versammeln sich Leute, einander in ihrer Kunstsinnigkeit übertrumpfend. Damen tragen, mit akrobatischem Ehrgeiz, hohe Schuhe aus Lackleder. Auch Herren sind der Kothurnmode erlegen und üben auf Plateausohlen Standfestigkeit. Anzüge, Kleider, Hüte werden in einer Show exquisiter Labels vorgeführt. Man setzt auf Naturstoffe und Einzeldesign. Die Frisuren der Galeriebesucher zeigen ebenfalls Ergebnisse kreativer Farb- und Formgestaltung.

Karline, die den Parka gegen einen bejahrten Blazer aus Walkloden getauscht hat, nähert sich dem Ort. Zaghaft, unsicher, ob sie nicht einem Irrtum aufgesessen ist. Über der Tür prangt auf einem Banner in deutschgotischer Schrift: ROB ZISCHLER – FLANSCH & FARBE. Besucher plaudern in gespannter Eintracht. Schon im Vorfeld der Ausstellung üben sie sich im Handeln und Ersteigern. Karline kennt niemanden. Unsichtbar für die Gesellschaft gerät sie in Versuchung umzukehren. Alles Außerirdische!, denkt sie, warum sollte der feine Herr Wettengel auf eine wie mich Wert legen? Ihr Blick fällt auf die *Schwalbe*.

Er tritt aus der Tür direkt auf sie zu. Er vereitelt ihre Flucht, indem er sie einfach unterhakt. In Lodenjacke und Latschen steht Karline Regenbein im Blickfeld hochgestellter Menschen. An ihrer Seite der Mann, der heute Abend Regie führt.

»Wir beginnen!«, ruft Eduard Wettengel, die Gäste ins Haus bittend.

Überfüllte Räume. Eine Sinfonie von Farben, Parfums, Stimmen. Die abstrakten, aus Kunststoffröhrchen geformten Objekte sowie die Farbfeldbilder beeindrucken Karline in dem Maße, wie sie Eduards Entschluss, sie an sich gekoppelt zu halten, beeindruckt. Ein Glücksmoment trifft Karline, und sie weiß, er ist nur Rausch, vom Zufall erzeugt, eine Illumination ihrer trauernden Seele. Hoch und runter rollt das Glück an dünner Schnur. Da sind sie wieder: Eduards Hemdbündchen. Diese Spur Nachlässigkeit, stilsicher, vertraut.

Er eröffnet die Ausstellung mit den Worten: »Ich freue mich, dass Sie auch heute den Weg in die Galerie Wettengel gefunden haben. Willkommen zur Vernissage *Flansch & Farbe*. Doch bevor ich Rob sowie dem Kenner seiner Künste das Wort erteile, möchte ich Ihnen die Dame an meiner Seite vorstellen: Karline Regenbein.«

Raunen im Raum. Aufgespritztes Lächeln. Wettengel fährt fort: »Einige von Ihnen kennen Frau Regenbein vielleicht. Sie ist eine sehr besondere Malerin. Im Herbst dieses Jahres wird sie ihre Werke hier ausstellen. Ich bitte Sie, sich dieses Ereignis vorzumerken.«

Beifall, vereinzelt Lachen, eine Stimme aus den hinteren Reihen: »Ist das nicht die Kleine von Habich?«

Ja, die Kleine von Habich. Am liebsten würde sich Karline in Luft auflösen. Sie bringt gerade noch den Mut auf, Wettengel zu gestehen, sein Angebot ablehnen zu müssen, weil sie nur uralte Bilder besitze. Ihre neuesten Werke seien belanglose Aquarelle, ein paar Skizzen, als Krönung eine Bildidee! Sie sagt: »Es gibt interessantere Malerinnen als mich.«

Wettengel erinnert Karline: »Wir sind uns noch etwas schuldig. Und wer interessant ist oder nicht, das Urteil überlässt du bitte deinem Galeristen.«

Jojo des Glücks. Karline hält an ihm fest. Mein Galerist. In großen Begriffen geistert die Kunst über den Köpfen der Ausstellungsbesucher. Doch im Beifall, im Worttrubel der vor den Exponaten drängenden Leute, im Klirren der Weingläser verliert Karline Eduard Wettengel. Ohne dass sie es merkt, hat er seinen Arm von ihr gelöst. Das Glück an der Schnur rollt nach unten.

Am Getränkeausschank kommt Karline nicht vorbei. Dafür sorgen Ziva Schlott und Lore Müller-Kilian. Zu spät erkennt sie die Trauerschwestern. Sie haben sich bereits im Hintergrund über Eduards Referenz ausgetauscht.
»Flucht vor dem Feind?«, krächzt Ziva.
Ihr Gewand erinnert Karline in Farbe und Form an einen Schmutzgeier. Zivas umbrafarbene Krallen halten ihr ein Glas Wein vor die Nase. Auch Lore, in weißem Taft und Federhaube einem Kakadu ähnlich, begrüßt Karline, indem sie einen Schoppen in ihre Richtung schwenkt: »Ich muss mich sehr wundern. Du trittst hier auf, und wir wissen nichts davon?«
Karline trinkt abwechselnd aus beiden Gläsern. Sosehr es sie erschreckt hat, von den Frauen ertappt zu werden, sosehr ist sie über die Begegnung erleichtert. In flinken Worten erklärt sie, es sei alles Zufall gewesen, das Treffen mit Eduard auf dem Friedhof, die

spontane Einladung, seine Idee, sie auf der Vernissage eines anderen Künstlers als Nachfolgerin zu präsentieren…

»Warum redest du nur über Eduard?«, unterbricht Lore. »Wir sind hier und reden über Kunst.«

Ziva markiert einen Hustenanfall, bevor sie sich aufregt: »Was heißt hier Kunst? Rob Zischler ist nicht mehr als ein epigonaler Manierist. Ein Aufguss der Essenz der Moderne. Was zeigt er uns? Tapetenmuster. Klempnerarbeiten. In der Tat kann ich mir vorstellen, dass deine zauberhaften Gemälde, liebste Karline, diese Dilettantenarena künftig vor dem Absturz retten könnten.«

Ruckartig richtet sich Lores Federhaube auf.

»Unsinn! Eduard hat den Blick für Größe. Das weißt du, Ziva. Das liebst du an ihm. Aber er ist nicht mehr dein Student, er hat seinen eigenen Geschmack.«

»Geschmack? Den hat er verschachert«, fährt Ziva dazwischen, »außerdem ist bekannt, dass es Männern im Urteil stets nur um den Künstler geht. Frauen hingegen urteilen über die Werke.«

Karline errötet.

Lore: »Schaut euch um! Best of Color Field Painting, wie man in Amerika sagt. Hochdekorativ! Diese einander umschlingenden Röhren! Ich erkenne in ihnen nicht weniger als Sinnbilder unseres Daseins. Nicht billig übrigens.«

Karline unterdrückt einen Schluckauf, indem sie den restlichen Wein in winzigen Schlucken zu sich nimmt. Lore neigt ihr den Kopf zu.

»Sag du doch mal etwas aus Sicht einer Fachfrau.«

»Ich bin nicht vom Fach«, erwidert Karline.

Der Duft nelkenwürzigen Parfums. Der Kopfschmuck. Das Taftkleid, das Karline in sattem Warmweiß auf die Leinwand überträgt. Nereide Lore als exotischer Vogel oder als das, was von links oben in Richtung Bildmitte stürzen wird. Doch erst mal sitzt der Vogel auf Eduard Wettengels Schulter, piept ihm ins Ohr, pickt ihm mit dem Schnabel in den Haarkranz, als wolle er daraus Material für seinen Nestbau zupfen. Pfeifend und flügelschlagend genießt Lore die Aufmerksamkeit. Schließlich zieht Lore den Galeristen in dessen Büro.

»Ich habe eine Überraschung für dich«, sagt sie, »kurz und genial!«

»Ich kann die Leute nicht allein lassen.«

»Aber mich?«

»Was willst du?«

Lore schließt die Tür hinter sich und Eduard.

»Jetzt schlägt sie wieder zu«, stöhnt Ziva.

Karline, eben noch in Gedanken an ihrem Bild malend, erkundigt sich, von Verdacht erhellt, was es bedeute: zuschlagen.

»Weißt du«, erklärt Ziva, »Madam kauft einen echten Zischler für ihren Musterkasten zu Hause. Dem alten Kilian, Gott habe ihn selig, würden die Augen bluten, bekäme er den Kram, den seine Gattin nach seinem Tod angehäuft hat, zu Gesicht.«

Tatsächlich hat Lore Müller-Kilian den Erwerb einer kellerfenstergroßen, aus schwarzgelben Rauten gestalteten Farbfläche beschlossen. Das will sie mit dem Händler begießen. Sofort, allein, ohne den Neiddunst der anderen. Zu diesem Zweck hat sie eine Flasche Impérial Dom Pérignon mitgebracht. Sie stellt die Federn auf und neben die Kasse zwei Gläser. Sie will den Korken wie gewohnt mit sanftem Drehen der Flasche entlocken, da verfinstert sich Wettengels Gesicht. Ohne ein Wort der Erklärung geht er aus dem Büro. Lore bleibt mit hängenden Flügeln zurück.

Drei Witwen verlassen die Galerie Wettengel Richtung Nacht. Vor dem beleuchteten Schriftzug FLANSCH & FARBE tanzen Motten. Als Lore den Korken endlich steigen lässt, ist die Geisterstunde gekommen. Sie trinken in vollen Zügen aus der Flasche, eine nach der anderen. Lore schluckt, als sei Champagner Brause. Ziva prustet, und Karline lässt sich von der frischen Luft ihre zögerliche Natur austreiben.

Sie ist die Erste, die auf der *Schwalbe* Platz nimmt. Noch ein Schluck Witwentrunk. Karline bittet Lore vor sich auf den Sattel. Sie steigt auf, und Karline legt ihre Arme von hinten um Lore. Die Linke am Lenker der Maschine, die Rechte um den Hals Dom Pérignons. Lore ist bereit. Doch das Tier, dessen sich die Frauen bemächtigt haben, bockt. Es wackelt, kommt nicht von der Stelle. Kaputt ist es, müde, ein antikes Geschöpf, das sich gegenwärtigem Gebrauch sperrt. Karline gibt die Sporen. Lore öffnet den Tankverschluss und füllt den Behälter mit prickelndem Treibstoff auf.

»Fasten your seat belts, please!«

Die *Schwalbe* quietscht. Ziva, die danebensteht, findet an der Sache ebenfalls Vergnügen. Wenn Eduard das sieht, frohlockt sie, wird er zwei Freundinnen aus seinem Register streichen und einzig ihre Zuneigung als bewahrenswert erachten. Die Kunstprofessorin zündet ein Kippchen an und dankt dem Alter, dass es sie vor solch kindischen Späßen bewahrt. Fester klammert sich Karline an Lore. Mit der Nachtkälte macht sich Nüchternheit breit. Jetzt bin ich außerirdisch, stellt Karline fest.

Die letzten Gäste verlassen die Galerie. Eduard ist nicht unter ihnen. Die Reiterinnen frösteln. Ziva hat das dritte Kippchen verbraucht und hofft, dass Eduard ihr den Spaß nicht verdirbt. Sie will seine Empörung sehen.

»Ich schau nach, wo er bleibt.«

Mit steifen Schritten begibt sie sich zurück in die

Ausstellungsräume. Als Ziva nach Verlöschen sämtlicher Lichter nicht zurückgekehrt ist und auch Eduard die Nacht offenbar nicht zu Hause verbringen will, klettern Lore und Karline vom Gefährt.

»Das wagt Ziva nicht«, sagt Lore.

»Sie beobachten uns«, sagt Karline.

Lore reißt die Haube vom Kopf, schwenkt sie und kreischt.

13

Die kilianische Stadtvilla am Orfensee trägt ihre 120-jährige Existenz mit der Würde des Unzerrüttbaren. Auf dem Türmchen des im eklektizistischen Historismus errichteten Gebäudes erstrahlt eine neue Kupferkuppel. Nach dem Tod des letzten männlichen Besitzers Hubertus Freimut Kilian wurde das Hauptgeschoss saniert, eine Fußbodenheizung eingebaut sowie eine der drei Terrassen in einen Wintergarten verwandelt. Im angrenzenden Garten blühen Primeln, Stiefmütterchen, treiben Rhododendronbüsche Knospen.

Das Rautenbild hängt schief. Lore Müller-Kilian kann es nicht gerade rücken. Stets kippt es zur Seite oder steht an einer Ecke von der Wand ab. Der Rahmen ist verzogen. Lore vermutet Schlimmeres. Das alte Gemäuer verträgt nicht die Essenz der Moderne. Die Wände sind geschmückt mit dem in Kunst verwandelten Erbe, das Hubertus seiner Frau vermacht hat: in Art einer Petersburger Hängung, dicht an dicht, auf zwei Etagen die Vielfalt als Einheit, bis hinab in den Kellerraum. Die Werke gegenwärtiger Avantgarde hat Lore nach Hubertus' Tod größtenteils in Wettengels Galerie erstanden. Jedes Mal hat sie zum Kaufabschluss zwei Piccoli oder eine Impérial spendiert, jedes Mal mit dem Galeristen auf beidseitigen Gewinn angestoßen. Die letzte Impérial allerdings musste sie mit ihren Trauerschwestern teilen und mit der *Schwalbe*.

Lore hängt das Bild ab. Ebenfalls das darüber befindliche signalrote Farbquadrat sowie von der Dielenwand ein konstruktivistisches Triptychon. Aus jeder Reihe pflückt sie Bilder wie faule Früchte, sortiert sie beiseite und beschließt: »Sotheby's!«

Lores Tag ist lang, voller Lücken, in denen Sehnsüchte nisten. Am Ende steigt sie vom Kellergeschoss hoch in die erste Etage, die zweite, bis ins Türmchen mit dem neuen Kupferdach. Sämtliche Zimmer der Villa stehen Lore zur Verfügung. Auch wenn sie jedem eine Funktion zugedacht hat, scheinen sie ihr nutzlos und unbewohnt.

Als Kind war Lore von ihrer Mutter um den Stubentisch herumgetrieben worden: Zieh die Decke gerade! Pass auf! Die Terrine! Das Kännchen! Gabel links! Messerschneide nach innen! Gläser polieren! Serviettenringe, du musst an Serviettenringe denken!

Lores Vater, in den letzten Kriegstagen vor Stalingrad gefallen, war der Herrscher über Mutters Erinnerungen gewesen. Er entstammte einer Fabrikantenfamilie, die Reinigungs- und Desinfektionsmittel herstellte. Nach dem Medizinstudium arbeitete er als Oberinspektor in der städtischen Hygieneanstalt. Dort hatte er das Fräulein Grete kennengelernt. Im Admiralspalast, wo er den Auftrag erhielt, das Solebad hygienisch zu inspizieren. Fräulein Grete hatte ein Schwimmvergnügen geplant. Der Badetrakt war an diesem Tag jedoch geschlossen, und Inspektor Müller hatte Grete zur Entschädigung auf Kaffee und Billardspiel eingeladen. Feinsinnig war er gewesen, reinlich, kulturvoll, nett.

Als er an die Front befohlen wurde, wollte es Grete im Leben weiterhin nett haben. Hartnäckig bewahrte sie den Entschluss, indem sie für sich und ihre Tochter Lore auch wochentags den Tisch sonntagsfein deckte. Noch die dünnste Suppe wurde in KPM-Porzellan der Serie *Arkadia* serviert, noch das bitterste Zichoriengetränk mit einem Wohllaut des Genießens aus zartwandigen Tassen genossen, auf denen Lore die Bisquitmedaillons liebte: Figuren der griechischen Mythologie, denen sie nachträumte.

Mutter und Tochter lebten in einem Bezirk, wo trotz der Luftangriffe viele Häuser noch standen. Auch das der Familie Müller. Am Tag von Vaters Todesmeldung, die das Nette aus dem Leben der Mutter zu verdrängen drohte, deckte die dreijährige Lore den Tisch. Jedes einzelne Teil des Services platzierte sie auf Damast, dekorierte die Tafel mit Stammbuchblümchen und lud Mutter ein, Platz zu nehmen. Serviert wurde Zwieback, den das Mädchen in die leere Suppenterrine bröckelte.

Lore war hochgewachsen, hatte eine für Nachkriegszeiten propere Figur und blondes, in Wellen gelegtes Haar. Stets duftete sie nach guter Seife, legte Wert auf frischen Atem, modische Kleider, lachte gern. Am liebsten wäre Lore Putzmacherin geworden. Die Ausbildung gab es nur in Bayern. Fern der Westberliner Heimat, das mochte Mutter nicht genehmigen. Lore lernte Stenografieren, Schreibmaschine, Kundenbetreuung. Von ihrem Verdienst kaufte sie Hüte aus Samt und Kunstpelz. Sie trug die Hüte auch wochentags.

Mitte der Sechziger wurde Mutter Grete von einem wohlhabenden, wiewohl greisen Arzt geehelicht und zog in dessen Haus. Nach einem Jahr starb er, vermachte Lore und ihrer Mutter die Immobilie samt Witwenrente. Stolterbeck, ein junger Kollege des Verstorbenen, lernte Lore bei einem Kondolenzanlass kennen. Er schwärmte ihr von einer Welt vor, die er gern mit ihr bewohnen würde. Stolterbeck besaß ein ebenmäßiges Gesicht, den Professorentitel, fuhr einen

Maybach und dünkte sich die Nummer Eins beim Tennis. Lore war frei und begierig nach einem Leben, das sie in Sicherheit halten würde. Sie nahm die Werbung des jungen Professors an. Aus Zuneigung zu ihm begann sie ebenfalls Tennis zu spielen, was er mit mittlerem Eifer goutierte. Sie heirateten, zogen in Stolterbecks Haus. Der Arzt lebte in seiner Arbeit. Lore, für die sich trotz eifrigen Tennistrainings die Zeit dehnte, klagte vor ihrem Gatten über die Nutzlosigkeit ihres Daseins. Stolterbeck meinte: »Du musst nicht arbeiten, doch wenn's dich glücklich macht...«

Er besorgte ihr eine Stundenstelle als Schriftführerin im »Tennis-Club Rot-Gold«. Tatsächlich spürte Lore bei dieser Tätigkeit etwas, an dem sich ein Sinn entzündete. Das Paar blieb kinderlos. Als Lore eines Tages in einem gemischten Doppel gegen ihren Gatten gewann und die Idee einer Weiterführung ihrer Tenniskarriere gebar, stellte Stolterbeck sie vor die Entscheidung: Ich oder Tennis. Lore, aus Angst vor Niederlage, entschied sich für ihren Mann.

Stolterbeck zeugte ein Kind mit einer Laborantin. Lore bekam die Scheidungspapiere sowie einen Scheck über hunderttausend Mark. Sie holte sich ihren Mädchennamen zurück. Müller gegen Stolterbeck. Am Tag der Trennung kaufte Lore Müller einen Glockenhut aus Kunstseide, ging ins beste Café der Stadt und stieß mit sich selbst auf ihr zerrissenes Leben an. Nach drei

Gläsern Sekt überkam sie heftiges Weinen. Da setzte sich ein Herr zu ihr an den Tisch: ein älterer, durch Hüftleiden gekrümmter Mensch mit munteren Augen und netten Manieren. Er reichte der Verzweifelten sein blütenweißes Taschentuch, bestellte Champagner und bezahlte am Abend die Zeche.

Auf der Halbinsel Windwerder hatte die Firma »Kilian Lack & Farben AG« ihre Repräsentanz: ein Neubau in neomaurischem Stil mit Veranstaltungssälen, Emporen und einem Park, der bis an den See reichte. Den Park zierten kostbare Skulpturen, darunter ein echter Rodin. Im Inneren des Gebäudes waren Werke alter Meister neben denen der Moderne zu besichtigen. Die firmeneigene Sammlung war international bekannt. Als Hubertus Freimut Kilian seiner Eroberung zum ersten Mal Einblick in den Park, die Kunst und die Auftragsbücher der Firma gab, umarmte ihn Lore heftig und stellte fest: »Die Chemie zwischen uns stimmt!«

Die Vermählung zwischen Lore Müller, geschiedene Stolterbeck, und Hubertus Freimut Kilian, zweifacher Vater, ebenfalls geschieden, fand in der Orangerie der Repräsentanz statt. Zwischen Palmen, Oleander und Pomeranzenbäumchen war das Bankett auf königlichem Porzellan gerichtet. Der Kreis der Geladenen bestand, unter Ausschluss der Familie, aus Freunden der Firma sowie Vertretern aus Politik und Kultur. Man gratulierte dem Firmeneigner zur Angetrauten, welche, wie man mit unverhohlener Ironie feststellte, seine erste Gattin an Attraktivität überträfe. Lore sei mehr als nur hübsch, hatte Kilian pariert.

Fünfzehn Jahre lang lebte Lore Müller-Kilian mit ihrem zweiten Ehemann in der Stadtvilla am Orfensee, eine halbe Autostunde von Windwerder entfernt. Die Zeit schien ihr eine tragende, sichere Substanz, die sie als Belohnung für ihre belanglose Existenz und die belanglosen Lieben, denen sie sich vor dieser Zeit gestellt hatte, empfand. Allzu schnell freilich verflog die erste Beglückung und lockte das Gefühl gewisser Nutzlosigkeit hervor. Lore versuchte es abermals mit Tennis, doch die Knie taten ihr weh, und Kilian liebte keinen Sport. Das Paar besuchte Theater, Museen, Kunstauktionen, gab Empfänge. Die Firmenrepräsentanz blieb Treffpunkt höher gewichteter Kultur. Das Beeindruckendste an Windwerder, ließen Besucher heimlich verlauten, sei die Gattin des Hausherrn. Tatsächlich war Lore nicht nur äußerlich attraktiv, sondern hatte sich eine auratische Bestimmung zugelegt. Mit einem Blick, der Männer wie Frauen betörte, kostete Lore ihre neu erworbene Fähigkeit aus. Lebensgierig, als sei die Endstunde ihrer Existenz gegenwärtig.

Da Kilians Hüftleiden mittlerweile der Ausführung

des Zeugungsaktes entgegenstand, blieb Lore auch in dieser Ehe eine Schwangerschaft versagt. In Momenten des Ausgesetztseins überkam sie das Bedürfnis, etwas aufwachsen zu sehen. Wenn schon kein Kind, dachte sie, dann etwas Lebloses, das ihren Wunsch dennoch erfüllen könnte. Eine Erfindung, ein Werk oder auch nur eine kleine, lohnenswerte Aufgabe. Das Gebiet der Malerei schien ihr nahe, doch Lore war klug genug, jeden laienhaften Anflug zu unterdrücken. Schließlich kam sie auf die Idee, Kilians Lack- und Farbenmetier mit eigener weiblicher Kreation zu ergänzen: goldener Nagellack, der nur die Nagelmonde bedecken sollte: *Golden Kilian Mondlack* – eine Sensation! Lore hatte ihrem Mann die Idee vorgetragen, ernsthaft wie ein Vertreter, der eine unabweisbare Neuerung präsentierte.

»Ja, schön, mach das«, lautete Kilians Antwort.

Es war eine Ermunterung. Er verhalf ihr nicht mal zum ersten Schritt, die Idee auszuführen. Ob er jemanden aus der Kosmetikbranche kenne, wagte sich Lore bei Kilian zu erkundigen. Er sagte: Nein! Er schenkte ihr zum Geburtstag einen Papagei, den er einem Hochseekapitän abgekauft hatte. Da der Vogel unablässig sein Repertoire an Seemannsflüchen krächzte, wollte ihm Lore nach zwei Tagen den Hals umdrehen. Sie entließ ihn in die Orangerie in relative Freiheit. Der Mondlack war vorerst vergessen.

Auf dem Fest, bei dem der Sommer Zweitausend begrüßt werden sollte, erwartete Lore Müller-Kilian eine besondere Begegnung. Unter den auf Windwerder Geladenen befand sich Herr Eduard Wettengel, dessen Galerie dem Kunstsammler Kilian einst von hoher Stelle empfohlen worden war. Lore fiel an dem Gast auf, dass er gerade nicht aufzufallen gedachte: in Sandalen, Bluejeans, die hochgekrempelten Ärmel eines Baumwollhemdes, weder Jackett noch Einstecktüchlein, kein teuer komponiertes Parfum, dafür verwegene Bartstoppeln, Höckernase, altmodische Brille; ein Basecap, unter dem eine butterblumenblonde Lockenwelle hervorschwappte. In solcher Natürlichkeit nahm Lore Herrn Wettengel wahr.

Sonne und Musik. Der Park leuchtete von Kamelien, Gladiolen, Stockrosen. Bäume und Büsche standen in vollem Laub. Neu erworbene Skulpturen wurden bewundert, Sekt und Cocktails serviert. Herr Wettengel bewegte sich abseits. Mit tastenden Schritten, als sei der feingekieste Boden unter seinen Füßen von unsicherer Tiefe. Während andere Gäste sich vergnügten, blickte Herr Wettengel vom Rasenhügel hinab zum See.

»Sie langweilen sich?«, erkundigte sich Lore Müller-Kilian, die ihm hinterhergeschlichen war.

»Niemals.«

Sie hatte Wettengels Erröten bemerkt und gedacht:

nett! In der folgenden Stunde betrachteten Lore Müller-Kilian und Eduard Wettengel gemeinsam das Wasser. Ergriffen, sehnsüchtig, in Abwesenheit jeder Verpflichtung.

Hubertus Freimut Kilians letzte Berührung, die er an seiner Frau vornahm, war ein Fußtritt in deren Rücken. Er hatte sich nachts im Schlaf aufgrund von Schmerzen in der Hüfte unglücklich im Bett gedreht und versehentlich zugetreten. Von Stund an schlief das Paar getrennt, und es entfernte sich weiter voneinander. Nach missglückter Hüftoperation war Kilian auf den Rollstuhl angewiesen, was in Lore Panik auslöste, obwohl fortan eigens angestelltes Personal den Hausherrn rund um die Uhr betreute.

Trotz eingeschränkter Mobilität verlangte es Kilian nach Fortführung seiner Sammelleidenschaft. Die Galerie Wettengel wurde zum erwählten Ort, zumal sie ebenerdig lag. Schon beim ersten Besuch war Kilian hingerissen gewesen von der bildnerischen Ware, von der Stilkenntnis sowie der undurchtriebenen Verhandlungsweise des Galeristen.

Unter den Künstlern der Stadt sprach sich der neue Kunde herum. Jedem, der bei Eduard Wettengel unter Vertrag kam, war Ehre gewiss. Kilian erwarb erlesene Werke, mit denen er seine Firmenrepräsentanz sowie die Villa am Orfensee ausstattete. Lore begleitete ihn auf seinen Galeriebesuchen. Sie gab vor, sich am Geschmack ihres Gatten bilden zu müssen. Hatte er ihr nicht einst empfohlen, sich aus ihrem kulturellen Minderwissen herauszuarbeiten? Es gab keinen besseren Ort als die Galerie Wettengel. Lores verstecktes Begehr zielte weiter. Einmal – Lore hatte als Mittagsdessert mehrere Sektsorbets genossen – bot sie dem Galeristen einen Handel an: »Was kostet eigentlich Ihr bezauberndes Lächeln?«

»Ich schenke es Ihnen«, hatte Wettengel gesagt.

Gleich darauf war das Lächeln von seinen Lippen verschwunden.

Hubertus Freimut Kilian starb an seinem fünfundsiebzigsten Geburtstag. Der Pfleger hatte den alten Herrn aus dem Bett in den Rollstuhl gesetzt, ihn ins Badezimmer geschoben, gewaschen, rasiert, gekleidet. Im Wintergarten, wo das Frühstück bereitet war und Lore ihrem Mann mit einem Rosenstrauß aufwartete, fand das Ende statt. Kilian griff nach den Blumen, sein Atem setzte aus, und er sank in sich zusammen.

Der Testamentsverwalter war am nächsten Tag erschienen. Mit ihm Kilians Kinder, Geschwister, die erste Ehefrau sowie Firmenleitung und Aufsichtsrat. Man kondolierte Lore mit lascher Hand. Sie war sprachlos, hilflos, fühlte sich wie im Karussell, das das Schicksal auf höchste Tour drehte. Hubertus Freimut

Kilian hatte Lore per Testament die Stadtvilla sowie ein finanzielles Auskommen zugesprochen, das ein weiteres Leben lang genügt hätte, Wege zu suchen, um der seelischen Leere, die der Überfluss in ihr erzeugte, zu entkommen. Zur Beerdigung des Fabrikanten waren unzählige Menschen erschienen, sodass die Straße vorm Friedhof gesperrt wurde. Das Einzige, was Lore an diesem Tag berührte, war Herr Wettengel, der, als er ihr sein Beileid ausdrückte, die Bereitschaft äußerte, er würde sie jederzeit gern weiterhin in seiner Galerie begrüßen.

Das erste Mal wieder Freude empfunden hatte die Witwe, als sie kurze Zeit nach Kilians Beerdigung bei Herrn Wettengel ein Bild kaufte. Allein für sich. Das Quadrat aus signalrotem dick gespachteltem Acryl trug den Titel *Daphne kills Kassandra* und war fortan Blickfang der heimischen Bildersammlung.

Lücken in der Petersburger Hängung. Lore geht die Reihen ab. Ihr ist, als würden die Wände Erleichterung äußern, ein Wegatmen lastender Verantwortung. Lore denkt an den Ritt auf der *Schwalbe*, lächelnd, weil sie plötzlich solch heitere Erinnerungen heimsuchen. Mit Kilian war das Leben wohlstandssicher, selten heiter gewesen. Es hatte Lore bis in ein Alter getragen, das sie in sentimentalen Momenten als Indiz beginnender Greisigkeit bezeichnet. Doch die Zahl ihrer Jahre lügt, will sie narren, denn Lore fühlt sich aus tiefer Seele erfrischt. In Gedanken schließt sie die Lücken. Am liebsten würde sie sofort aus dem Haus eilen, ausgestattet mit gewandeltem Kunstgeschmack und Kilians Kreditkarte. Es ist spät am Abend. Die Galerie Wettengel geschlossen. Aber die Nacht, denkt Lore, die Nacht schließt nicht. Sie greift zum Telefon, wählt. Der Freiton macht Hoffnung.

»Ja?«

Müde klingt Eduards Stimme.

»Bist du wach?«, fragt Lore.

Da die Antwort ausbleibt, ermahnt sie ihn: »Du hast versprochen, mich zu besuchen.«

14

Karline Regenbein betritt das kilianische Areal am Orfensee mit dem Gefühl, von sich selbst entfernt zu sein. Es ist kurz vor Mitternacht. Selten schwärmt sie in der Dunkelheit aus, und eine Unternehmung wie den Ritt auf der *Schwalbe* bereut sie tagelang. Daher überrascht es sie, Lores Ruf zu solch ungewöhnlicher Stunde gefolgt zu sein. Wohl schmeckt Karline der Restsüße der letzten Begegnung nach, doch noch nie war sie derart rasch auf das Angebot einer Wiederholung eingegangen.

Als der am Tor befindliche Bewegungsmelder Karline erfasst, trifft sie Licht von mehreren Seiten. Das Haus öffnet sich. Die Treppe herab steigt die Königin der Nacht. Sie empfängt im Gewand, das über die Grenze der Dunkelheit fließt, vorn glanzschwarz, der Halsausschnitt tief, das Rückendekolleté ebenso und rockabwärts besetzt von tropfenförmigen roten Flecken.

»Tritt ein«, sagt Lore, und als Karline zögert: »Ich beiße nicht.«

Karline hat ein Präsent für die Gastgeberin. Ein Fehlgriff, wie sie vermutet. Nicht mehr als ein postkartengroßes Aquarell, das allenfalls als bläuliche Blume oder windige Wolke deutbar wäre. Billig, banal, dahingeworfen.

»Entschuldige«, murmelt sie.

Lore hält das Aquarell an eine der Freistellen an der Wand.

»Was für ein entzückender Beginn!«

Karline wagt kaum aufzublicken. Die Villa wirkt auf sie unwirklich imperial. Noch nie hat sie solch ein Gebäude betreten, welches jemand bewohnt, den sie persönlich kennt. Habichs Haus in Westend war dagegen eine Hundehütte!

»Hast du noch anderen Besuch?«, fragt Karline aus Verlegenheit, auch weil sie sich nicht vorstellen kann, das alleinige Privileg dieser Einladung zu besitzen.

Mit zwei Fingern fasst Lore Karline unters Kinn, hebt es hoch, blickt ihr in die Augen und sagt: »Eduard hat mich vor einer halben Stunde verlassen.«

Also doch, denkt Karline. Er ist ihr wie eine Nachtmotte ins Netz gegangen, hat darin gezappelt, konnte sich befreien, und jetzt soll ich sie trösten. Die verlorene Lore, die mit der Zeit spielt. Mit Eduard, mit ihr. Karline will nicht ins Netz. Sie hat keine Begabung, sich derlei Verstrickungen auszuliefern. Da sind Lores Augen. Lores Lippen, die sich, florentinerrot verdunkelt, leise bewegen. Das Gewand, der Geruch nach Amber, Moschus, Opium. Karline erkennt nicht, was sie zu den Sehnsüchten der Hausherrin lockt.

»Eduard? Du sagtest doch, dass er dich niemals besucht.«

»Ach«, erwidert Lore, »alle Wahrheit ist relativ und Eduard, wie alle Männer, feige. Natürlich kommt er zu mir, doch stets in Angst, dass ich ihn langweile. Ich bin sein Typ. Er weiß es nur noch nicht. Für ihn zählt Einfluss und Bedeutung einer Person. *Du* hättest vielleicht Chancen bei ihm.«

»Auf keinen Fall«, wirft Karline erschrocken ein.

»Oder unsere Frau Professor. Die Kunstwelt hört auf sie, wenn sie nur hustet. Mich hält Eduard für eine Frau mit angeheirateter Wichtigkeit. Er hat mich damals an Kilians Seite gar nicht wahrgenommen und denkt, dass ich von Kunst nichts verstehe.«

»Tust du es denn?«, fragt Karline und setzt einen Trost hinzu: »Es ist überflüssig zu erklären, was man auf einem Bild sieht oder nicht sieht.«

»Mach uns nicht klein, Liebe! Wir verstehen mehr von allem, als uns gewisse Herren zutrauen. Weil das so ist, habe ich beschlossen: nicht Eduard, sondern *ich* werde deine Bilder ausstellen. Regenbeins Farben! Auf drei Etagen, aus drei Daseinsphasen: Jungfrau, Ehefrau, Witwe. Bevor der Herr Galerist einen Nagel in die Wand schlagen kann, hängen deine Bilder in meiner bescheidenen Hütte. Gewiss werden auch welche in der Repräsentanz zu besichtigen sein, das aber später. Ich habe an alles gedacht. Ziva schreibt etwas Schlaues über dich und gestaltet den Katalog. Und Eduard? Er weiß nichts davon. Privat reden wir nicht über Geschäfte.«

»Hast du getrunken?«

»Ich trinke nicht«, behauptet Lore.

Im Wintergarten sitzen sie sich gegenüber. Am liebsten würde sich Karline verkriechen, so sehr bereut sie, in schlumpigen Hosen und einer Bluse, die von jedem Bauarbeiterhemd in den Schatten gestellt wird, vor Lore Müller-Kilian erschienen zu sein. Kein Wunder, denkt sie, dass Eduard ihr den Vorzug gibt. Selbst die verräucherte Ziva in ihren Hängelumpen scheint attraktiver als Karline. Lore unterbricht die Zerknirschung des Gastes, indem sie ein silbernes Zuckerdöschen auf den Tisch stellt.

»Nun, wie schmeckt dir dein Glück?«

»Welches Glück?«, fragt Karline.

»Hast du mir zugehört? Dein Lebenswerk in meinem Haus!«

»Ein ungewöhnlicher Vorschlag.«

»Das ist kein Vorschlag, sondern ein Beschluss.«

»Von dir?«

»Von mir und dir.«

Lore öffnet das Döschen, befeuchtet eine Fingerkuppe mit Speichel, tippt den Finger hinein, leckt ihn ab. Sie reicht das Döschen Karline, nicht ohne zu bitten, sparsam mit dem Inhalt umzugehen. Er sei von besonderer Güte und Reinheit. Außer Honig mag Karline nichts Süßes. Da sich im Angebot der Gastgeberin lediglich Puderzucker zu befinden scheint, stutzt sie. Will Lore sie testen? Ihren Geschmack erkunden? Hat sie auch Eduard auf diese Weise getestet? Hat er nicht bestanden und Lore deshalb verlassen?

»Mach dich frisch!«

Karline beißt auf Lores Finger, der sich in ihren Mund schiebt. Er schmeckt bitter, scharf, sandig. Spucken will sie, und sie schluckt. Unvermittelt fließt ein Strom Wärme ihr über die Zunge durch Kopf und Glieder. Jojo des Glücks. Nereide! Karline streckt die Hand aus, um die Wellen zu greifen. Die Malhand spürt ihnen nach, die Textur der Farbe, schwarz mit roten Tropfen, Himmelslicht, seitlich einfallender Schatten, wo sich Zugkräfte sammeln, der Faltenwurf überscharf. Auch Ziva, die Tanghaarige, erscheint Karline, undeutlich, bereit, auf dem Bild zu entstehen, und den Meergott erkennt sie, von Lores Süßigkeit benommen, gleichzeitig klar, hellwach.

Nun bringt Lore Musik zum Klingen, synkopisch schleifende Rhythmen, nach denen sie sich umeinander bewegen und zu reden beginnen. In einer lustdurchzogenen, sich überlappenden Sprache, die weitgreifenden Gedanken entspringt, in jedem Schritt Metaphysisches verankert, die plötzlich verstummt.

Alles weiß Karline, doch nicht, wie sie zu ihrer Verkleidung gekommen ist. Der mit glitzernden Paspeln durchwirkte Stoff hat sich aus der Luft über sie geworfen wie das Hochzeitskleid, das ihr Rüdiger Habich geschenkt hatte. Wie Aschenputtels Ballkleid, das aus der Zaubernuss kam. Zerknüllt in der Ecke: Karlines Hose und Bluse, Abfall ihres zurückgenommenen Lebens. Die Musik springt um, stampft im Sechsachteltakt. Lore rafft ihr Gewand, und Karline im blauen Kleid kennt sich nicht mehr oder erkennt sich zum ersten Mal in der Musik, welche die Frauen durchs Haus treibt.

Lore Müller-Kilian und Karline Regenbein fallen auf die Chaiselongue im Speisezimmer. Wo tags zuvor avantgardistische Gemälde sowie alte Meister die Wände besetzt hielten, existieren jetzt Leerstellen. Karline blickt durch sie hindurch in eine fremde erregende Ferne. Jungfrau, Ehefrau, Witwe. Jojo des Glücks.

Ein Uhr morgens versucht Lore, Eduard Wettengel über Mobiltelefon zu erreichen. Die Mailbox springt an.

»Edwwward!«, haucht Lore, dann wirft sie das

Telefon auf den Tisch. Später ruft er zurück. Was sie um diese Zeit von ihm wolle, fragt er.

»Wir müssen reden. Es geht um Karline. Sie hat sich gegen dich entschieden.«

Karline reißt Lore das Telefon aus der Hand: »Nein, nein, es ist alles ganz anders.«

»Komm zu uns!«

Lores Ton wird weinerlich, während Karline Zuversicht spürt. Er wird mich bald sehen, Karline weiß es. Eduard sagt: »Ich bin nicht in der Stadt.«

»Er ist nicht in der Stadt!«, ruft Lore. »Der feine Herr Wettengel ist ausgeflogen. Wohin denn?«

Schweigen. Lore, obgleich ihre Mundwinkel zucken, spricht streng ins Telefon: Er solle sich nicht zieren. Freunde hätten ein Recht, zu erfahren, wann und wo sich der andere aufhalte. Falls man gerettet werden muss.

»Ich muss nicht gerettet werden«, sagt Eduard, »ich bin mit Ziva unterwegs.«

15

Die getönte Glühbirne wirft Schatten auf die Leinwand. Karline gibt einen Teil Schwarz zum Ocker, rührt die Farben mittels Palettenmesser zu einer eitrig wirkenden Paste, streckt sie mit Mohnöl, setzt den ersten dünnen Strich. Am Anfang ist das Haar. Das struppige, wildweibische Symbol, das den Blicken des Gottes nicht entgehen wird. Er liebt und fürchtet die naturhafte Frau, die ihn in ihr Element zieht, mit Locken aus ozeanischen Algen, wellendem Tang, dessen Fäden und Wedel er durch die Finger gleiten lassen, an seine Lippen führen, gar verspeisen wird als aphrodisierender Abfall des Meeres. Willig fügt sich der Schweineborstenpinsel dem erhitzten Temperament der Künstlerin. Es drängt sie geradezu, der rauesten der Nymphen, die sich auf dem Gemälde tummeln werden, den Vorrang der Gestaltung zu geben. Gefahr, gebannt durch Form. Mit jedem Pinselstrich, der das Haar in schimmerndem Olivgrün für den Hintergrund eines cyanblauen Meeres präpariert, fühlt sich Karline Regenbein allem Kommenden mehr gewachsen.

Frau Professor Schlott zündet eine Zigarette an. Mit Hilfe des Galeristen hat sie die Stufen zu Karlines Arbeitsstube erklommen, schwitzt, schnauft, flucht, sodass die Malerin einen Moment lang Zivas Abbild als gottbegehrliche Nereide für eine verfehlte Idee hält. Ziva ist nicht mehr als ein Menschengreis, noch nicht lebenssatt, doch auf ihre Weise bedauernswert. Anders Eduard: ein reifer, mit unaufdringlichem Arbeitsstolz ausgestatteter Mensch, der in Karline Hoffnung erweckt hat. Zur Begrüßung breitet sie die Arme für ihn aus. Er hat seinen rechten Arm bereits um Frau Professors Schultern gelegt, da sie im Husten zu fallen droht. Nachdem Ziva wieder durchatmen kann, versichert Eduard: Er freue sich, nach so langer Zeit abermals Karlines Atelier betreten zu dürfen, diesmal in seiner Funktion als Ausstellungsmacher. Auch wenn er letztens irritiert war, da sie und Lore Müller-Kilian offenbar andere Ziele verfolgt hätten.

»Es war eine total besoffene Idee«, gesteht Karline, »Lore hat uns zu viel Champagner ins Glas getan.«

Mit gebotener Zurückhaltung kommentiert Eduard, Lore sei als Falschspielerin bekannt. Ziva knurrt: »Was hast du überhaupt bei der verloren?«

»Nicht verloren, gefunden«, erwidert Karline.

Ziva verdreht die Augen.

»An dir muss Habich viel versäumt haben, dass du dich nach seinem Tod in jede beliebige Affäre stürzt.«

»Affäre?«

»Eduard hat schon recht. Die Schlange buhlt mit Gift, und das Mäuschen fällt drauf rein. Ein Glück, dass du nicht von Gott der Sünde gestraft wirst. Du hast uns. Ein weiteres Glück für dich: Du besitzt wirklich Talent. Da sind sich Eduard und ich einig.«

Eduard und ich! Karline wundert sich nicht über Zivas heitere Maske. Gebannt ist die Greisin von Wettengels Charme, von seinem Gehorsam, von der Illusion, er verstehe sie als stetiger Wegweiser seiner Karriere. Alles verständlich, redet sich Karline tapfer ein. Das Wort Talent stürzt sie in bekannte Unsicherheit. Auch Habich hatte behauptet, Karline habe Talent. Sie hatte sich gefreut und zugleich gewusst: Talent wird jedem Kind bescheinigt, sobald es Kringel malen kann, oder einer Hausfrau, die sich das öde Leben bunt aquarelliert. Frauen, die Großes leisten, besäßen Talent, Begabung oder eine besondere Fähigkeit. Männern hingegen spräche man Genie zu. Als solches hatte sich Rüdiger Habich gesehen. Karline bemerkt, wie Eduard Ziva zunickt.

Ein Bild nach dem anderen stellt sie in den Raum. Hervorgeholt aus dreißig Jahren Schaffenszeit, hingegeben für die Retrospektive *Regenbeins Farben*: erste Versuche träumerischer Szenerien, naiv ausgeführt mit unauffälliger Beiläufigkeit: Köpfe mit in Regenpfützen stehenden Beinen, Beine unter weinenden Wolken, Regen erzeugende Beine; Blüten der Jugend: diffuse Verschachtelungen unterschiedlicher Schauplätze, kühne Kombinationen von Innen und Außen, auf Pappe übertragene Straßenbilder, pastöse Vatermutterportraits; aus der Hälfte des Lebens: Landschaften, Tiere, Menschen wie auf Seidenstoffbahnen gemalt, in Bildern hängend oder gerafft wie Vorhänge; trauriges Liebes- und Clownspersonal, das Raum und Zeit verlassen hat, in altmeisterlich präzisen Konturen; Kulissentheater verwehter Dekorationen, spielerisch wie bedrohlich; aus dem Zeitalter Habich: das Antlitz des Mannes auf Teer, Asphalt, Bitumen, expressiv, irre, rätselhafte Abweichungen jeglicher Wirklichkeit; am Ende der Bilderschau: das noch zu Schaffende.

»Was soll das werden?«

Zivas professoraler Zeigefinger weist auf den olivgrünen Fleck der Leinwand, die die halbe Arbeitsstube in Beschlag nimmt. Karline, erschöpft von der Präsentation ihres Werkes, bittet Ziva, ihr eine Erklärung des Unfertigen zu erlassen. Sie wisse selbst nicht, zu welchem Ziel das Bild kommen will. Ein Streben sei in ihr, das nach Habichs Tod unbekannte Seiten ihres Talentes anrühre. Würde sie diese benennen, verflöge der Zauber. Ziva drückt den Zigarettenstummel im eigens mitgebrachten Ascher aus, um sich eine neue anzustecken.

»Glauben wir ihr?«, fragt sie den Galeristen.

»Ich bin gespannt«, meint Eduard.

Eifrig schreibt er die Liste auszustellender Werke. Er misst Rahmen, kalkuliert Preise, setzt Termine. Jetzt steht er dicht bei Karline, ernsthaft, dienstlich, mit Kennerblick. Auf der Höckernase, hinter schwerschwarzem Brillenrahmen: seine Augen, die Medusen ähneln. Der Amorbogen. Die den Nacken flutende Haarwelle, darauf das Basecap. Kamelfarbene Manchesterjacke. Hochgeschlossenes Hemd. Zugeknöpfte Bündchen. Venen, die sich meerfarben über Eduards Handrücken winden.

Heute hat er keine Blumen mitgebracht, sondern einen Vertrag. Und Ziva Schlott, die für Regenbeins Farben den Katalog erstellen wird. Ein perfektes Team, aus der Trauer geboren, angesiedelt in der Zukunft. Nur Lore Müller-Kilian fehlt.

Nachdem Ziva mit fahriger Gelehrtenhandschrift Notizen in eine Kladde geschrieben hat, bläst sie zum Aufbruch: »Wir gehen, Wettengelchen!«

Eduard erstarrt. Sein Triumph darüber, dass Frau Professor nunmehr *ihm* zu Diensten steht, verfliegt.

»Ich muss mit Karline den Vertrag besprechen. Ich bleibe noch.«

»Ach, so ist das«, schnarrt Ziva, »bitte, du darfst natürlich bleiben. Aber erst bringst du mich diese mörderische Treppe runter!«

»Du schaffst es allein«, sagt Eduard.

Der strenge Ausdruck seines Gesichtes verwundert Karline. Es ist ihr peinlich, dass sie die Ursache für die Verstimmung zwischen den beiden zu sein scheint. Ziva kramt nach einem Kippchen, schlurft Richtung Tür. Stufe für Stufe humpelt Ziva Schlott die Treppen hinab. Man hört ihr Husten noch, als sie längst aus dem Haus ist. Eduard nimmt neben Karline Platz. Reicht ihr einen Füllhalter. Sie fasst ihn zu tief, sodass Tinte ihre Finger färbt. Eduard, Karlines Schreibhand korrigierend, setzt an, die Vertragspunkte einzeln zu erläutern. Sie unterschreibt, bevor er mit den Erläuterungen abgeschlossen hat.

»Hast du alles verstanden?«

»Es ist nicht schwer«, sagt Karline.

Beim Weiterreichen des Füllhalters hofft sie, die Tinte möge sich von ihren Fingern auf seine übertragen, ein blauer Blutspakt, der mehr bedeutet als der Abschluss einer Geschäftsvereinbarung.

»Man soll nicht mit fremden Federn schreiben«, scherzt Eduard, seinen Daumen mit dem Taschentuch abwischend.

Er überreicht Karline ein Vertragsexemplar, legt das andere in seine Mappe und beteuert, dass er sich freue.

»Du wirst Hunger haben«, sagt Karline.

Sie eilt ins Kochkabuff, säbelt Brot vom Laib, greift nach Butter, Honig, Messer, Teller. Tee später, überlegt sie, damit er nicht wartet, sich nicht abgestellt fühlt, weil der Vertrag durch mehr besiegelt werden muss als nur durch eine Unterschrift. Sie stellt die Speisen auf den Tisch.

Eduard: »Meine Galerie wartet.«

Karline: »Wir haben Zeit bis zum nächsten Frühjahr.«

Eduard senkt den Blick, lächelt und erklärt freundlich: Er müsse in spätestens zehn Minuten zurück an seinen Arbeitsplatz. Sie nickt, das Lächeln erwidernd.

»Natürlich, ich habe ohnehin nicht viel zu bieten. Stell dir vor, ich würde groß kochen und eine Flasche Champagner öffnen.«

»Da wäre ich schon weg.«

Auf der Stuhlkante sitzend, streicht Eduard Butter aufs Brot, verzehrt es schnell und murmelt: »Danke.«

Beim Aufstehen macht er eine fahrige Bewegung. Der Teller fällt vom Tisch und zerbricht. Sofort geht Eduard auf die Knie und beginnt die Scherben aufzulesen. Karline wirft ihren Teller ebenfalls zu Boden und behauptet, endlich gäbe es Gelegenheit, neues Geschirr zu kaufen. Sie habe eh nur zwei Teller besessen.

»Ich bin etwas durcheinander«, gesteht Eduard und fügt hinzu, wie unangenehm ihm alles sei. Er hätte sich zusammen mit Ziva verabschieden sollen, immer diese Missgeschicke.

Während er die Scherben von den Dielen liest, hat

Karline Pinsel und Farbe herangeschafft. Kurzerhand malt sie auf den Holztisch mit weißem Acryl zwei Teller. Sie lädt Eduard ein, noch für ein paar Minuten Platz zu nehmen: »Siehst du, alles wieder in Ordnung und diesmal sogar unzerbrechlich.«

Eduard legt die Scherben neben die gemalten Teller, packt den Vertrag ein, verlässt Karlines Arbeitsstube und signalisiert aus dem Treppenhaus: »Ich melde mich wieder.«

Die Glühbirne wirft Schatten auf die Leinwand. Die Malerin mischt dem Haar der alten Nymphe Umbra bei. Honiggolden wird der Meergott bald im Bild erscheinen und nichts dagegen unternehmen können. Keine Flucht in keine Richtung. Aus dem Urgrund der Farben wird er auftauchen, eine Kreatur der Träume in der bändigenden Macht des Rahmens, und handeln wird er nach dem Plan seiner Schöpferin.

16

Fünfzehn Uhr sieben. Kein Grollen am Himmel. Kein Pfeifen. Keine Wolke. Zum Sommerbeginn hat das Bodenpersonal des Flughafens die Arbeit niedergelegt. Ungewiss, wann sie wiederaufgenommen wird. Alles still. Selbst Vögel und Insekten sind in Streik getreten. Auch Friedhofsbesucher, die häufig die Gräber ihrer Verstorbenen versorgen, bleiben heute aus. Hitze flirrt zwischen den Blättern der Bäume, ohne dass sie sich davon bewegen lassen. Karline Regenbein ist der einzige Mensch, der sich, mit einer Gießkanne bewaffnet, auf dem Friedhof befindet. Das Tränende Herz blüht schon lange nicht mehr, doch darf es nicht austrocknen. Die Witwe wässert ausgiebig dessen Wurzeln.

»Glotz nicht«, sagt Karline zur gläsernen Linse aus Cortenstahl, in welche der Name RÜDIGER HABICH eingraviert ist.

Ich weiß, wo du bist, tönt es aus der Tiefe. Karline zupft Unkraut, zieht abgeblühte Stiefmütterchen aus der Erde, überlegt, ob sie das Grab umgestalten soll.

Mit Bodendeckern vielleicht oder, nach Zivas Vorbild, mit Efeu. Die Sorge um das Tränende Herz ist stärker, als die Gedanken an Änderung es sind. Die Pflanze will gehegt und gepflegt sein und sich vermehren bis in alle Ewigkeit. Dabei passt sie gar nicht zu Rüdiger. Karline fällt ein, dass die Pflanze giftig ist und somit durchaus dem Habich'schen Charakter entspräche. Sie bedauert, dass sie das alte Kinderspiel nicht mehr spielen kann: ein Herzchen vom Stängel zupfen, die Blätter umdrehen, die Blüte aufbiegen – es zeigt sich das *Männchen in der Badewanne*.

Alles still. Karline kann noch so lange in den Himmel gucken: Heute atmet sie kerosinfreie Luft, gibt es kein Donnern und Tosen. Kein Blick ins Cockpit einer aus ferner Welt landenden oder in ferne Welt startenden Maschine ist möglich. Die Vöglein schweigen, und bald verabschiedet sich Karline von Rüdiger mit ein paar Tränen, die sie anstandshalber aus sich hervorholt.

Noch immer kein Mensch auf dem Friedhof. Generalstreik. Seit Karline den Vertrag für die Retrospektive *Regenbeins Farben* unterschrieben hat, hat sich Eduard Wettengel nicht mehr bei ihr gemeldet. Das Geschäft ist klar, der Galerist bekannt für seine Zuverlässigkeit. Da muss ich mir nicht zwischendurch Bestätigung einholen, mahnt sich Karline und vermutet: Er wird rund um die Uhr beschäftigt sein. Sie schlendert weiter.

Lore Müller-Kilian scheint ebenfalls die beginnende Sommerzeit anderweitig auszufüllen. Das kilianische Erbbegräbnis zeigt Spuren der Vernachlässigung. Der Rhyolith verwittert, das Chinaschilf verdorrt, der Marmorkies zerstreut. Karline betrachtet die Grabstelle von allen Seiten. Nicht mal ein Champagnerkorken weist auf Lores Besuch hin. Karline spürt ihr schlechtes Gewissen. Seit sie der Freundin gestanden hat, sich nun doch für Wettengels Ausstellungsangebot entschieden zu haben, hat sie den Kontakt zu ihr eingestellt. Der kurze Rausch in Lores fremder, kostbar gestimmter Welt, den Karline erfahren durfte, ist mit dieser Absage, die nicht mehr als eine Verwirrung zur Ursache hatte, verflogen. Da in Karline abermals Tränen aufsteigen, holt sie schnell Wasser, um Kilians Grab von der Trockenheit zu erlösen. Alles still.

Ein Motor wird angeworfen. Ein Friedhofsbagger tuckert den Hauptweg entlang. Vor Kilians Grabstätte dreht er auf einen Seitenpfad ab, wo er hinter Büschen verschwindet. Karline lauscht. Kein Baggergeräusch, kein Vogellaut, nichts. Honigtauklebrige Luft. Selbst die Trauerwölfe, welche Karline umwittern, bleiben stumm. Sie geht weiter. Das Grab, das Ziva zu versorgen hat, hat ebenfalls lange Zeit keine Pflege erfahren. Efeutriebe kriechen erdgeduckt zu den Nachbarn. Die Blätter zeigen rostrote Flecke. Wühlmäuse haben ein unterirdisches Bunkersystem errichtet.

Der Stein steht schief. Als hätte jemand, die Friedhofsverwaltung vielleicht oder aufmerksame Besucher, ihn aus der Erde gehebelt, um auf seine unsichere Standfestigkeit hinzuweisen. Auch wurde der Name SCHLOTT mit einem roten Farbkreuz versehen, als sei der Grabstein zum Fällen bestimmt. Karline fürchtet, Ziva schafft es nicht mehr, sich richtig um das Grab ihres Mannes zu kümmern. Sie ist zu alt, verliert sich, vergisst vieles. Mich vergisst sie nicht, hofft Karline. Bis Januar muss der Katalog fertig sein. Karline rupft kranke Blätter vom Efeu, füllt Mäuselöcher mit Erde. Es hat keinen Sinn. Jemand muss es ja tun, sagt sie sich.

Den Granit mit der Inschrift ODILA WETTENGEL hingegen beurteilt Karline Regenbein als schadlos. Üppig trägt der Rosenstock Blüten. Sauber geschnitten ist er, gut in Form. Karline riecht an den Blüten. Sie duften ohne Übertreibung. An einem Stängel entdeckt sie ein Grüppchen Blattläuse. Noch winzig, eine gerade im Entstehen befindliche Gemeinschaft, die sich von Trauer nähren wird. Karline könnte die Läuse mit den Fingern zerdrücken. Sie tut es nicht. Niemand beendet den Streik.

17

Eduard Wettengel hatte eine A-Mutter und eine B-Mutter: Alwara, seine leibliche, sowie Baldrun, deren um ein Jahr ältere Schwester. Baldrun nannte ihre im selben Jahr wie Eduard geborene Tochter Odila. Somit pflanzte sich die Vorliebe der Familie Wettengel für historische Vornamen fort. Alwara und Baldrun waren von ihren jeweiligen Männern im ersten Lebensjahr der Kinder verlassen worden und hatten sich von der Leidensgemeinschaft in eine Lebensgemeinschaft gerettet.

Über seinen Vater erfuhr Eduard lediglich, dass er Sportlehrer in einer Oberschule gewesen war und als Gewichtheber im Mittelschwergewicht in der Kreisklasse mehrere Rekorde gestemmt hatte. Einmal hatte er sich während des Trainings beim Umsetzen der Hantel verhoben, war gestürzt und mit zerdrücktem Brustkorb liegen geblieben. Für immer. Baldruns Mann, als Schwimmtrainer ebenfalls sportlich engagiert, war den Herausforderungen, die ein Säugling mit sich bringt, nicht gewachsen gewesen und hatte sich alsbald nach anderem umgesehen.

»Wozu Männer?«, fragten die Schwestern.

Sie teilten gemeinsam die Aufgaben ihres Lebens. Beide arbeiteten in der städtischen Frauenklinik. Alwara als Röntgenassistentin, Baldrun als Säuglingsschwester.

Eduard und Odila waren gleichermaßen als Glatzköpfe zur Welt gekommen. Zunächst zeigten sich, zum Schrecken der Mütter, auf Stirn und Nacken des Mädchens noch Stellen fetalen Lanugos. Sie verschwanden, als Odila neben den zwei Wochen früher geborenen Cousin in die Wiege gebettet wurde. Die Säuglinge befingerten einander in zärtlicher Aufmerksamkeit und übten ihre Begabung zur Mimesis: die gleichen Bewegungen, das gleiche Lächeln; das Bedürfnis, in hautwarmer Harmonie zu reifen. Nach einem Jahr sprossen auf ihren Schädeln blonde, stark in sich gedrehte Locken. Baldrun und Alwara pflegten die Haarpracht hingebungsvoll mit Bürsten und Babyöl.

»Von wem sie diese Herrlichkeit bloß haben?«, fragten sie sich.

Die Mütter selbst unterzogen ihr eigenes Haar jedes halbe Jahr einer Dauerwelle. Eduard und Odila liebten sich in ihrer Verwandtschaft. Es war egal, ob sie sich an der Brust der A- oder der B-Mutter satt tranken.

Nach der gesetzlichen Kinderbetreuungszeit mussten Alwara und Baldrun ihre Arbeit wiederaufnehmen. Da ihnen niemand im Alltag beistand, gaben sie die Kinder in die klinikeigene Wochenkrippe. Eduard und Odila galten als unzertrennlich. Es war schwer, sie mit anderen Spielgefährten zusammenzubringen. Im jungen Alter spielten sie gern VaterMutterKind, wobei sie die Rollen beliebig wechselten. Selten, dass sich ihre Mütter um sie sorgten. Kinderkrankheiten überwanden Eduard und Odila tapfer und zeitgleich. In der Schule saßen sie nebeneinander, zwei helle Lockenköpfe, lernend im Einklang mit all dem, was von ihnen gefordert wurde. Von Lehrern und Erziehern wurden sie allenfalls ermahnt, wenn sie im Klassenkollektiv abseitsstanden. Eduard und Odila genügten sich.

An Eduards siebtem Geburtstag wurde er von den Müttern zum »einzigen Mann des Hauses« berufen, was in Heiterkeit mündete sowie die spontane Aufführung einer Kinderhochzeit nach sich zog. Odila verkleidete sich mittels Nylonunterrock als Braut. Eduard wurde von seiner A-Mutter mit einer Kunstseidenschalkrawatte in den Stand des Bräutigams befördert. Puppenkinder standen für den Nachwuchs. Bis dass der Tod uns scheidet, sang der Familienchor.

Als Eduard vierzehn war, vergrößerte und verkrümmte sich sein Nasenbein. Zudem wich am Stirnansatz das Haar zurück, und er bekam eine Brille gegen Weitsichtigkeit. Von Mitschülern Quallenauge genannt, floh er vor deren Verfolgung.

»Du siehst klug aus mit Brille«, trösteten die Mütter.

Sie rieben den Kopf des Sohnes mit Birkenwasser ein, um den Haarausfall einzudämmen.

Odila hatte ihren Cousin in der Bodenkammer verführt. Sie hatte ein Handtuch dabei, streifte ihr Kleid ab, legte sich auf den Rücken und bat den Jungen, sich ebenfalls frei zu machen. Er zog sich aus bis auf die Brille. Bäuchlings lagen Eduard und Odila aufeinander, ohne dass sie sich erklären konnten, was dies zu bedeuten habe. Sie waren sich nicht näher als sonst, doch auch nicht ferner. Später leuchtete ihnen ein, was sie erprobt hatten, und sie waren froh erstaunt darüber. Sie küssten sich wie in Kinderzeiten, nur etwas länger und in anderer Zufriedenheit.

Die erste Störung ihrer Gemeinsamkeit hatte es gegeben, als Eduard auf die Erweiterte Oberschule delegiert wurde, während Odila nach Ende der zehnten Klasse eine Ausbildung an der Hebammenschule begann. Alwara und Baldrun hatten ihrer Tochter die Berufswahl abgenommen, da sie selbst die Arbeit mit und für Frauen hoch schätzten und sich keine andere Zukunft für Odila vorstellen konnten als eine, die der ihren ähnlich war.

Sowohl für Odila als auch für Eduard war es zunächst ungewohnt, getrennte Wege zu gehen. Umso mehr freuten sie sich, abends zusammenzufinden und über den Tag zu berichten. Eduard war stolz auf seine Cousine, da sie bereits richtig arbeitete und eigenes Geld verdiente. Odila war stolz auf Eduard, da er Abitur machen und studieren wollte. Im Kinderzimmer schoben sie die Betten zusammen, wärmten sich an der Gewissheit, keine weitere Anstrengung bei der Suche nach Liebe unternehmen zu müssen.

Nach ihrem achtzehnten Geburtstag heirateten Eduard und Odila Wettengel. Es war keine große Sache, sondern Zwangsläufigkeit, die niemand in Frage stellte. Nicht mal der Standesbeamte, der die voreheliche Identität der Nachnamen ungerührt zur Kenntnis nahm. Man feierte im familiären Kreis. Die Überraschung war, dass sich auch Alwara und Baldrun am Hochzeitstag ihrer Kinder goldene Ringe ansteckten.

»Aufs Standesamt können wir verzichten«, sagten sie, »auf unsere Liebe nicht!«

Lärmende Fröhlichkeit begleitete die Doppelhochzeit. Die Mütter tanzten mit ihren Kindern, die keine Kinder mehr waren. Eduard und Odila ließen das Mütterpaar hochleben. Sie warfen Konfetti, vollführten eine Polonaise durch sämtliche Zimmer, brannten Wunderkerzen ab. Selbstverständlich und leicht war dieses Leben. Keiner dachte daran, es könnte sich irgendwann irgendetwas mit Unmut beschweren. Eduard musste sich nicht um Anerkennung bemühen. Er stand für alles, was die drei Frauen im Haus an Männlichkeit forderten. Es war nicht viel. Sie waren selbst tatkräftig und entschieden, was es zu entscheiden gab.

Eduard hatte für sein Abitur das Prädikat »sehr gut« erhalten. Als er an diesem feierlichen Tag in den Spiegel blickte, sah er sein Haupt lichter als am Morgen zuvor. Einzelne dünne Locken zierten nunmehr den oberen Hinterkopf, während am unteren, in den Nacken mündenden Schädelteil, das Haar Urwüchsigkeit behauptete und sich, in Form eines Hufeisens, als Lockenband verfestigte. Da Eduard ohnehin Spott ausgeliefert war, schor er sich eine Platte. Seine junge Ehefrau strich ihm über den Schädel und sagte: »Das muss wieder wachsen.«

Er kämmte mit den Fingern Odilas Locken und spielte mit ihnen. Er verpflichtete sich, drei Jahre der Nationalen Volksarmee zu dienen, wo er nach der Grundausbildung aufgrund seiner sich verstärkenden Fehlsichtigkeit bei den Funkern, später auch in der Bibliothek eingesetzt wurde. Eduard überstand die üblichen Schikanen, welchen Rekruten, die Abitur besaßen, ausgeliefert waren, mit stoischer Geduld. Er rettete sich ins Lesen, vor allem in Bildbände über

Architektur und Malerei, fuhr an freien Tagen in die Stadt, um Galerien und Museen zu besuchen. Mehrfach in der Woche erhielt er Post von Odila, die ihm, zwar in stets banaler Weise, doch liebevoll über die Dinge des zivilen Alltags berichtete. Er freute sich an den Briefen, schrieb jedoch selten ausführlich zurück. Er vermochte seiner Frau wenig mitzuteilen über sein Befinden. Reiste Eduard zu Besuch in die Heimat, versorgte sich das junge Paar mit Wärme und Zärtlichkeit.

Nach der Armeezeit ließ sich Eduard das verbliebene Haar als Kranz stehen. Siegerkranz nannte Odila ihn.

Eduard Wettengel wurde als Student der Kunstwissenschaft an der Malakademie aufgenommen. Es war ein Glücksfall. Die Aufnahmeprüfung bestand er ohne Makel. Frau Professor Schlott, die die Prüfungskommission leitete, hatte sofort erkannt, welche Begabung sich bei dem Jungen zeigte.

Odila hingegen war froh, ihren Mann wieder bei sich zu haben. Die Malakademie befand sich nämlich in der Nähe der Frauenklinik. So konnte die Hebamme den Studenten manchmal in der Mittagspause in der Mensa treffen und gemeinsam mit ihm essen. Odila arbeitete wie ihre Mütter im Schichtsystem. Sie tat es gern, ohne Bedürfnis, anderen Rhythmen zu folgen. Anfangs hatte Eduard Lust, seine Frau in die Welt der Kunst einzuführen. Ein paarmal war sie mit ihm auf Ausstellungen, auch in der Malakademie, doch sah Odila in den Bildnissen nicht, was Eduard sah. Sie bewunderte ihn, doch langweilte sie sich bei dem, was ihn begeisterte. Er nahm es ihr übel. Mittlerweile gewöhnte sich Eduard daran und trennte seine Welt von der ihren.

Sie liebten sich. Die zärtlichen Gewohnheiten ihrer Körper. Sie mussten sich nicht mehr mit den Augen wahrnehmen, da sie sich von Geburt an kannten. Noch im sechsundzwanzigsten Lebensjahr wohnten sie mit ihren Müttern in der gemeinsamen Wohnung. Es war preiswert, bequem, und selten kam man sich in die Quere.

Im Jahr, da Eduard seine inoffizielle Galerie eröffnet hatte, nahm Odila das Treiben ihres Mannes nur noch von ferne wahr. Auch als er wegen »staatsgefährdendem Verhalten« vom Studium relegiert und zur Bewährung in die Produktion als Hilfsarbeiter auf den Friedhof geschickt wurde, zielte Odilas Interesse darauf, dem Mann das Nest zu sichern. Sie war sogar froh, dass er zu realer Arbeit verpflichtet war. Er verachtete das Wühlen in der Erde, litt unter der Häme der Totengräbergesellen und vor allem darunter, dass sich das Erbauliche der Künste an diesem Ort ins absolute Nichts verflüchtigte.

»Mach dir nichts draus, das geht vorbei«, hatte Odila ihn zu trösten versucht.

»Und wenn nicht?«

»Ich verdiene genug für uns beide.«

Odila hatte keine Ahnung, von wem Eduard manchmal in den Feierabend geleitet wurde.

Auch Alwara und Baldrun standen dem Sohn zur Seite. Sie beschworen die familiären Bande: Wir sind für dich da. Für dich, für euch, was auch geschieht.

Es wurde eng für Eduard. Bücher und Bilder versöhnten ihn mit der elterlich-ehelichen Behausung, deren Wände immer näher an ihn heranrückten. Er fand Freunde, die ihn wachhielten. Mitunter waren es Frauen, denen Eduard in Gedanken nachhing. Frau Professor Schlott zum Beispiel. Er verehrte ihren Wagemut und ihre Art, wie sie Dinge ins Licht stellte, um sie im Gegenlicht zu betrachten. Er träumte mitunter von ihr, wie sie ihn im Seminar aus der Menge der Studenten in ihren rauchigen Atemkreis hob, die Kennerin des Ungewöhnlichen, die scharlachrote Ziva.

Zu Hause fügte sich Eduard den Gewohnheiten. Trennte seine Traumwelt von der wirklichen Welt. Odila, die als Hebamme täglich mit Schwangeren und Neugeborenen zu tun hatte, war es versagt, selbst schwanger zu werden. Als Eduard nach Absolvierung seiner Bewährung sein Studium wiederaufnehmen durfte, fragte sie ihn, warum er sich ihr verweigere.

»Tu ich doch gar nicht«, antwortete er.

»Was ist es dann?«

Er hatte Odila in den Arm genommen, sie aufs Haar geküsst und erklärt, er habe viel zu tun: studieren, versäumten Stoff nachholen, vielleicht eine neue Galerie ins Leben rufen. Odila solle ihm Zeit geben, alles sei gut, er liebe sie wie am ersten Tag, nur begehren würde er außer Kunst nichts und niemanden.

Jahre waren vergangen. Der Absolvent der Malakademie Eduard Wettengel fristete inzwischen ein sicheres Dasein in der Staatlichen Kunstgalerie. Es machte ihm Spaß, zumal er mit dem Fortschreiten der Zeit mehr und mehr Freiheiten erfuhr, um Ausstellungen mit offiziell anrüchigen Inhalten zu organisieren. Die drei Frauen, die ihn zu Hause täglich erwarteten, ließen ihn gewähren und wussten nicht, worin.

Es war ein Urlaubssonntag, an dem Odila Wettengel neben ihrem Mann im Bett lag. Nicht unter, sondern auf der Zudecke, denn ihr war heiß. Sie fragte Eduard, ob er Lust habe, mit ihr einen Ausflug zum Badesee zu unternehmen. Sie müsse sich abkühlen. Er überhörte ihren Wunsch und begann ein Vorhaben zu preisen, auf das er sich seit geraumer Zeit freute: eine Exkursion unter der Leitung von Frau Professor Schlott zum Bauhaus Dessau, und zwar am Nachmittag. Alles andere, meinte er, könne man verschieben, es wäre schön, würde ihn Odila auf der Exkursion begleiten.

»Du bist kein Student mehr«, murrte sie, »außerdem sind Ferien.«

»Kunst kennt keine Ferien, und dass ich der Malakademie auch nach meinem Studium verbunden bin, weißt du.«

»Mir ist kalt.«

»Eben war dir heiß.«

Er legte Odila die Decke über. Auf seine Frage, ob ihr wärmer würde, gähnte sie. Sonnenkringel tanzten auf der Zimmerdecke.

»Wir müssen uns fertig machen«, drängte Eduard nach einer Weile.

Odila schloss die Augen. Jetzt tat er etwas, das er noch nie getan hatte, das bei sämtlichen Mitgliedern der Familie Wettengel stets auf Verachtung stieß. Er stand auf, ging zum Schreibtisch, entnahm der Schublade ein unterm Briefpapier verstecktes Päckchen Zigaretten, zündete sich eine an und legte sich wieder neben seine Frau ins Bett. In die Luft paffend beschrieb er Odila die Vorzüge seiner einstigen Professorin, die er bei keinem anderen Menschen sehen könne. Zigarettenqualm mischte sich mit Sonnenkringeln. Odila zog die Zudecke über Nase und Augen.

»Tut mir leid«, sagte Eduard.

Er sprang auf, öffnete das Fenster, warf die angerauchte Zigarette hinaus. Danach kroch er unter die Decke, wo Odila flach atmete. Durch das Nachthemd spürte er ihre Haut und rieb und rubbelte sie. Er tauchte wieder auf und kämmte mit den Fingern Odilas Locken.

»Nun komm schon«, bat er.

Er schickte seinen Atem an Odilas Hals entlang, um sie endlich für den Tag zu erwärmen.

»Ziva ist eine interessante Frau, sie wird dir gefallen«, lockte Eduard.

Odila lächelte, Mund und Augen geschlossen. Abermals tauchte Eduard unter die Decke, zog seiner Frau das Nachthemd hoch, betastete Arme, Schultern, Brüste, Bauch, Beine, Füße. Odila fühlte sich an wie häutiger Stein, wie eine im Erstarren begriffene Statue, deren Wert Eduard mit hingemurmelten Worten bestätigte: du gute, du schöne, du liebe Langschläferin. Aufwachen!

Ein letztes Mal blinzelte Odila, um dann ihre Augen fest zu schließen. Vom Schlaf, der sie mit lähmender Gewalt erfasst hatte, ließ sie sich nicht mehr erwecken. Weder Eduard noch die beiden Mütter schafften es. Auch der herbeigerufene Notarzt, der den Ursachen von Odilas Zustand auf den Grund kommen wollte, blieb ratlos. Er brachte die Bewusstlose auf die Intensivstation des Krankenhauses. Dort atmete sie forthin leicht, ihr Herz schlug regelmäßig, doch reagierte sie auf keinen Schmerz mehr.

Lange hatte Eduard nicht begriffen, dass es das Ende seiner Liebe bedeutete. Noch nie hatte er Liebe begreifen können, da sie sich ihm seit dem ersten Signal blutsverwandt angetragen hatte: als wärmendes Lebensmittel, das ihm kampflos zukam und ihn mühelos ernährte. Der Tod hingegen, dem Wettengel in körperlicher Arbeit schon einmal dienlich gewesen war, stieß ihn mit vehementem Schulterschlag aus seiner behäbigen Lebensbahn. Dass im Leib seiner Frau noch Blut floss und sie als warmes Wesen im Liegen weiterexistierte, wollte er nicht wahrhaben. Auch sie würdigte ihn keines Blickes mehr.

Nachdem Odila auf einer Pflegestation für komatöse Patienten ein neues Heim gefunden hatte, verließ Eduard die Wohnung der Frauen. Seine A-Mutter, seine B-Mutter, seine erloschene Ehe, sein halbes Leben. Er übernachtete im Büro der Galerie auf der Luftmatratze. Gelegentlich traf er sich mit Ziva Schlott in der Professorenmensa. Erst nach Wochen gestand er ihr, dass seine Frau nicht mehr existiere, jedoch noch am Leben sei. Irgendwie, er wisse nicht, was für einen Sinn diese Existenz habe.

»Das ist ungehörig«, meinte Ziva. » Es gibt nur Sein oder Nichtsein, und die einzige Frage, die man zu diesem Thema stellen kann, lautet: Was will ich? Ich meinerseits würde mich unbedingt für das Leben, also für dich entscheiden.«

»Meine Frau kann nichts dafür«, sagte Eduard und fuhr mit seinen Fingern unter die dicken Brillengläser.

Ziva entschuldigte sich für ihre Pietätlosigkeit und legte ihre Hand auf Eduards Hand. Er erschrak über die Wärme, die von der nikotingegerbten Haut auf ihn überging.

Bald hatte Ziva bemerkt, wie es dem ehemaligen Studenten vor Kummer den Rücken buckelte. Sie wusste von seinen Müttern und den Räumen, die sie gemeinsam bewohnten. Er braucht Eigenes, dachte sie.

Mit Hilfe ihres Mannes Hartwig, der als Rektor der Malakademie Einflüsse spielen ließ, beschaffte Ziva Eduard ein Souterrainzimmer in einem Sanierungshaus. Er war von der Initiative derart gerührt, dass er, im Überschwang seines Glücks, auf die Hand der Professorin einen Kuss drückte. Die Hand roch nach Rauch. Ziva, obgleich verblüfft, war gleichsam von Eduards Geste ergriffen.

»Oh!«, spottete sie, ihre imaginäre Krone zurechtrückend. »Hat es Ihm geschmeckt? Statt Kunstgeschichte hätte Er Philematologie, Kusskunde, studieren sollen. Die aristokratische Etikette kennt der Herr ja bereits.«

»Es war dumm von mir«, murmelte Eduard.

Zu allem Überfluss wischte er sich die Lippen am Hemdsärmel ab. Frau Professor ließ nicht locker: »Küssen ist gesund, das behaupten Operetten, Gustav

Klimt und allen voran unser Gesundheitswesen! Doch ist Ihm bekannt, dass Küssen unter Chinesen als Spielart des Kannibalismus gedeutet wird? Nein? Merke Er sich: Ich gelte als schmackhaft, bin jedoch schwer weichzukriegen. Fragt meinen Herrn Gemahl.«

Dass Wettengel nach dieser Ansage in Schluchzen ausbrach, hatte Ziva nicht erwartet.

»Jetzt müssen Sie mich schon wieder entschuldigen, Eduard«, meinte sie reumütig, »manchmal habe ich diese schreckliche Chuzpe in mir. Sie benimmt sich wie ein unerzogener Köter. Ich wollte Sie nicht kränken. Es ist nur: Unsereiner tut einfach, was getan werden muss. Es braucht dazu keinen Dank. Und für die neue Wohnung wünsche ich fröhliches Hausen!«

Die Zeiten hatten sich gedreht. Gleichsam wie mit leichter Hand und doch schwer, sodass eine knirschende Gewalt Freude und Verzweiflung aneinander verrieb.

Fortan hieß die Staatliche Kunstgalerie *Galerie Wettengel*. Fortan ging alles einen neuen Gang.

Aufgrund von Umstrukturierungen der Klinik wurden Alwara und Baldrun Wettengel in Vorruhestand versetzt. Mit einem Mal waren sie kinderlos, arbeitslos, allein mit sich und ihrer Trauer um all das Verlorene. Die Ringe, die sie als Zeichen ihrer Verbindung trugen, verwuchsen mit dem Fleisch ihrer Finger.

»Wir werden immer füreinander da sein«, hatten sie geschworen.

Sie taten Eduard leid. Er konnte ihnen nicht helfen. Sein Drang, die Mütter zu besuchen, wurde von Tag zu Tag schwächer, zumal ihm deren voranschreitendes Altern unerbittlich das eigene zeigte. Einmal wöchentlich ging er mit ihnen gemeinsam zu Odila. Sie lag noch immer auf der Pflegestation. Mit fest geschlossenen Augen, in abgestorbenem Bewusstsein, verging sie allmählich. Einmal monatlich erledigte Eduard kleine Reparaturen im mütterlichen Haushalt, machte Besorgungen, verschwand gleich danach. Erbittert stellten Alwara und Baldrun fest: »Unser Mann im Haus ist gar keiner.«

18

Heute zögert Karline Regenbein, Lore Müller-Kilians Einladung anzunehmen. »Grillabend am Orfensee« steht auf dem Kärtchen. Nach Wochen der Verstimmung hat sie ein Versöhnungszeichen gesendet. Karlines Freude wird von vielfältiger Furcht durchwandert. Was hat Lore mit einem Volkssport wie Grillen zu tun? Was wird sie auf den Rost legen? Nackensteaks? Bratwürste? Unmöglich! Was hat die Frau vor? Wer ist noch geladen? Eduard? Fremde? Niemand? Was, wenn ich abermals dem Sog ihrer Düfte, Stoffe und Naschereien erliege? Wenn ich mich verliere? Und wie soll ich Lore meine Entscheidung für Wettengels Galerie erklären, ohne in Verdacht zu geraten?

Während Karline überlegt, auf welche Weise sie sich der Einladung entziehen kann, klingelt das Telefon. Eduard ist am Apparat. Mit kehliger Stimme erkundigt er sich, ob Karline ihn zu Lores Grillfest begleiten würde. Er hätte keine Lust, allein den Weg an den Orfensee anzutreten. Karlines Herzschlag stößt gegen die Zunge. Sie antwortet: »Einverstanden.«

»Ich freue mich«, sagt Eduard und forscht nach, ob er sie von zu Hause abholen darf, verbunden womöglich mit der Chance, einen Blick auf das Bild, das sie als Höhepunkt der Ausstellung zu schaffen gedenkt, zu werfen.

»Ja«, stößt Karline hervor.

Im letzten Moment lenkt sie ein: »Abholen kannst du mich gern, aber ich warte unten vor der Tür.«

»Und das Bild?«, fragt der Galerist.

»Keinen Blick auf Unfertiges, bitte.«

Sie übermalt den honiggold entworfenen Meergott mit Farbe, die sie eigenhändig aus gemahlenem Türkis herstellt. Das Pigment, zwischen Seegrün und Cyan changierend, gibt der Figur eine Gestalt, die erst durch die beleuchtende Strahlung seiner gelb- und bläulichweiß entworfenen Gegenspielerinnen Wirkung erlangen wird. Einige Pinselstriche missraten der Künstlerin: der ultramarine Überschwang ihres geheimen Wunsches, Eduard möge sie mit der blauen *Schwalbe* von zu Hause abholen. Der Ritt auf dem Moped, das Karline in vergnüglicher Aufregung als Fabeltier auf die Leinwand überträgt.

Wettengel erscheint zu Fuß. Er empfängt Karline, wie abgemacht, auf der Straße. Bei seiner flüchtigen Umarmung fällt ihr Blick auf die Bündchen des leinweißen Hemdes. Auch Eduards Hose besteht aus gebleichtem Edelzwillich. Karline sieht den Mann aus sich selbst heraus strahlen. Von Einsicht überwältigt, fürchtet sie: Mein Bild hat die falschen Farben, ich mache überhaupt alles falsch! Und was habe *ich* zur Feier des Tages angezogen? Einen aschgrauen Fetzen!

Eduard blickt durch Karline hindurch. Er bedauert lediglich, seine Neugier auf das Gemälde nicht befriedigen zu dürfen: »Gibt's da etwas, das ich nicht sehen darf?«

»Du würdest einen falschen Eindruck gewinnen.«

»Ich vertraue dir, Karline Regenbein. Eine Künstlerin wie du kann mich nicht enttäuschen.«

Jojo des Glücks. Sie vergisst den an ihr hängenden grauen Fetzen und beendet das Hadern um ihr Talent. Leichtfüßig läuft sie Seite an Seite mit ihrem Galeristen die Straße entlang zur Bushaltestelle. Übers Malen plaudern sie, über Farben, Motivsuche, Vernissagen, Finissagen, über die Lust an Sommertagen und heller Zuversicht.

»Hat deine verstorbene Frau so etwas gemocht?«, fragt Karline aus einer mutigen Laune heraus.

»Was?«

»Was wir gerade tun.«

»Was tun wir denn?«

»Ach, nichts«, sagt Karline.

Vorm Gartentor der Villa am Orfensee begrüßt Ziva Schlott das Gästepaar, als sei sie die Wächterin des Hauses. Sogleich spritzt Ziva Gift: »Eduard, deine Etikette lässt langsam zu wünschen übrig. Du siehst aus, als würdest du auf ein chinesisches Reisfeld zur Arbeit gehen.«

»Man nennt es Edelknitter«, kontert Eduard mit Blick auf sein Leinenzeug.

»Natürlich! Lumpen sind die neue Haute Couture. Da muss deinesgleichen schon mithalten. Schlimmer ist nur: Mich hast du nicht von zu Hause abgeholt. Schämst du dich mit einer alten Granne auf der Straße? Bin ich dir zu lahm? Zu anstrengend?«

»Unsinn«, erwidert Eduard errötend, »ich wusste gar nicht, dass ...«

»... ich zu euch gehöre? Ich bin auf Lores Liste die Nummer Eins. Übrigens, bildet euch nur nichts ein! Mäzenatenwitwen laden gern Kenner und Künstler zu sich ins Reich. So können sie zeigen, was sie an Raum und Zeit besitzen. Bei Lichte besehen haben sie nichts als Langeweile, allenfalls ein paar überflüssige Stellwände, um darauf ihre laienhaften Träume zu projizieren. In dieser Falle stecken wir heute alle drei, nicht wahr?«

Erst tätschelt Frau Professor Karlines Wange, dann zupft sie an Eduards Haarkranz, der unter dem Basecap vorquillt. Der Witterung entsprechend hat sich

Ziva ebenfalls sommerlich gekleidet. Die Falten blassblauer Nesseltücher und Schals werfen silbrige Schatten.

»Ziva, ich freue mich ehrlich, dich hier zu sehen«, beteuert Eduard.

Den Impuls, ihr einen Handkuss zu verabreichen, unterdrückt er und schließt sie stattdessen in seine Arme. Er lässt sie erst wieder frei, als sie hustet. Der Husten reißt sie fast auseinander, sodass Karline Ziva stützen muss.

»Danke«, röchelt sie nach dem Abklingen des Anfalls.

Da schreitet aus der Villa die Treppe zum Garten die Gastgeberin herab. Als sei sie mit den Farbexperimenten, die Karline auf ihrem Bild vollführt, vertraut, inszeniert Lore an sich selbst eine Stofforgie aus pastellgelbem Batist, safranfarbenem Chiffon sowie goldig schleierhafter Georgetteseide. Locker um den Hals geschlungen: das Bienentuch. Sie balanciert ein Tablett mit Cocktailgläsern, deren Ränder mit Puderzucker verziert sind.

»Da wären wir!«, ruft Lore, die Cocktails präsentierend.

»Das wird kein Grillabend«, orakelt Eduard.

Krächzend meint Ziva, sie teile Eduards Befürchtung, denn Madam leide sichtbar an Gelbsucht. Überhaupt sei Gelb für die Augen unangenehm: giftig, verlogen, verräterisch. Kaum ein Meister vor van Gogh habe diese obszöne Farbe verwendet, es sei denn als Goldersatz.

Karline hingegen ist fasziniert von Lores Glanz, kann sich nicht losreißen vom Spiel der Farbnuancen. Ihre Gedanken driften ins Bild, das sie bei nächster Gelegenheit übermalen muss: Die schönste der drei Nereiden wird Poseidon nicht umschmeicheln, sondern wie Helios den Fluten entsteigen und auf einem von geflügelten Rossen gezogenen Wagen über den Himmel fahren. Doch von diesem Himmel, da ist Karline sicher, wird am Ende etwas in schrägem Flug Richtung Bildmitte stürzen –

Das Tablett in Lores Händen vibriert. Besorgt fragt Eduard, ob er helfen könne.

»Tretet ein! Tretet ein! Sonst verbrennen wir!«, ruft die Hausherrin, als müsse sie die verwunschene Situation mit einem Zauberspruch auflösen.

Sie reicht ihren Gästen den Aperitif, leert, ohne aufs Prosit! zu warten, das eigene Glas, leckt den Zuckerrand ab, schleudert das Tablett wie einen Diskus über die Wiese und kreischt: »Feuer!!«

Der Grill im Garten ist kalt. Zwar steht ein Sack Holzkohle neben dem Gerät, doch nichts ist vorbereitet, was ein Grillfest gewöhnlich ausmacht. Eduard kippt den Cocktail in den Schneebeerenbusch. Ziva folgt seinem Beispiel. Karline, anstandshalber von ihrem Glas nippend, erinnert den seifigen Geschmack, den ihr Lore bereits beim letzten Treffen empfohlen hatte. Sie überlegt, auf welche Seite sie sich schlagen soll. Das Bienentuch schwebt über Karlines Kopf. Süß stechender Stoff, der als Honigspirale aus Lores Händen wächst.

Höflich bittet Eduard die Gastgeberin um ein kühles Bier und kündigt an, er müsse sich bald wieder verabschieden, da er noch anderweitig Pflichten habe. Lores Gelächter erschüttert den Garten. Das Bienentuch, eben noch Karline haschend, dreht sich um Eduards Hals. Mit knapper Not gelingt es ihm, Lore von sich zu stoßen, wobei sie girrend wie ein angeschossener Vogel in die Büsche flattert. Zivas energischer Griff bringt sie wieder auf die Beine.

»Was ist los?«, fragt sie.

»Lore ist los«, antwortet Eduard an Lores Stelle.

Sie steht, gehüllt in missgunstfarbenes Gewand, vor den Gästen. Das verrutschte Dekolleté gewährt Einblicke in Lores unglückliche Existenz. Verlegen knöpft Eduard seine Hemdbündchen zu. Karlines Blick sucht Ablenkung am grünspanpatinierten Turm der Villa. Ziva steckt sich ein Kippchen an. Lores Augen sind gerötet, als habe sie geweint. Doch sie ist keine Frau, die für ihr Versagen mit Tränen bezahlt. Lore entschuldigt ihre Verwirrung. Die Freude über den Besuch der Freunde habe sie überwältigt. Es gäbe viel zu tun und zu zeigen. Sie müsse nur kurz auf die Toilette. Danach, verspricht Lore, würde ein Mammut auf den Grill gelegt, ein Fass Bier angestochen und dann und dann und dann...

Nach dreißig Minuten ist die Hausherrin vom Toilettengang noch nicht zurück.

»Diese Dilettantin!«, schimpft Ziva.

Eduard: »Irgendwie tut sie mir leid.«

»Wir müssen nach ihr sehen«, beschließt Karline.

Zu dritt steigen sie die Treppen hoch, entlang am wackelnden Geländer, durch die Tür, in den sich nach vier Seiten öffnenden Flur, links rechts getäfelte Wände, blank, ungeschmückt, mit Bleichflecken von einst in dichter Hängung befindlicher Bilder, die Lore abgenommen, verkauft und verraten hat. Staub flust über die Treppen. Putz bröckelt. Holzwürmer arbeiten sich durchs Parkett. In Ecken und Lüstern haben Spinnen Quartier bezogen.

»Na bitte! Der sterbende Kapitalismus!«, spottet Ziva.

»Wohl eher der sterbende Schwan«, meint Eduard.

Karline: »Eduard, sagtest du nicht, du hast eine Verabredung? Geh ruhig, wir finden Lore ohne dich.«

Sie weiß nicht, warum sie Eduard in diesem Moment nicht in ihrer Nähe duldet. Warum sie ihn fortschickt, obwohl ihn ihre Blicke festhalten. Seine Dämmerungsstimme antwortet: »Ich kann euch jetzt nicht allein lassen.«

Die Tür zum Badezimmer ist verschlossen. Eduard klopft, ruft Lores Namen. Keine Reaktion. Karline will die Polizei alarmieren. Ziva: Der Kammerjäger würde es auch tun. Lore habe sich durch ihr unkollegiales Verhalten als reaktionäre Kakerlake entpuppt. Sie, Ziva Schlott, geborene Scharlach, Kämpferin für Frieden, Freiheit, Kunst und Gerechtigkeit, sei nicht gewillt, sich im Alter von fast neunzig Jahren von einer kapriziösen Industriellenwitwe an der Nase herumführen zu lassen.

Eduard Wettengel weiß die Lösung. Er bittet die Damen um Ruhe und darum, sich in den Garten zurückzuziehen. Er sei der Mann im Haus, das wolle er jetzt beweisen.

»Er wird Madam nicht in hundert Jahren wachküssen«, keift Ziva, hakt sich bei Karline unter und lässt sich von ihr in den Garten geleiten.

Sacht pocht Eduard an die Badezimmertür und lockt durchs Schlüsselloch: »Lore, ich warte auf dich. Und zwar allein!«

Die Tür wird aufgetan. Lore tritt aus dem Bad in der Haltung einer neu gekrönten Königin. Ihr Dekolleté verhüllt, das Lippenrot nachgezogen, die Pupillen große schwarze Kreise. Auf der Wange sichtbar ein Rest Nasenblut. Eduard wischt es mit seinem Taschentuch ab.

»Na so was«, kichert Lore, »ich menstruiere gerade.«

Eduard bricht der Schweiß aus. Er kündigt an, es sei Zeit für ihn zu gehen.

Lore: »Mein Haus, meine Regeln.«

Dem Freund die rechte Hand entgegenstreckend erwartet sie seine Ehrbezeugung. Eduard weicht zurück. Lore folgt ihm. Dreht ihre Hände vor seinen Augen, verwirbelt den Blick.

»Sei vernünftig«, bittet Eduard.

Glänzende Lichtpunkte sieht er Lores Fingern entspringen: goldene Nagelmonde. Zehnfach leuchten, tanzen, flirren sie, bis er gegen die Wand taumelt, und die Monde nageln ihn an die Vertäfelung.

»Ich will das nicht«, flüstert er.

Eduard Wettengel reißt sich los. Treppab, zwei Stufen auf einmal. Hinter ihm bettelt die Hausherrin um Gnade, eilt dem Mondsüchtigen nach, stürzt über lose Schnüre ihres Gewandes, und Blut spritzt ihr aus der Nase, schwarz wie Ebenholz, jetzt muss sie das Blut stillen und das Fleisch auf den Grill legen, durch den Garten einen Bierfluss leiten, denn der Prinz, der sie sucht, hat Bierdurst, und seine Lakaien, zwei Hofnärrinnen, die frech den Garten bespielen, wollen ihr mit Späßen huldigen, ihr, der Erfinderin des *Golden*

Kilian Mondlacks. Lore Müller-Kilian erreicht den Garten sturzlos. Das Blut ist gestillt. Der Grill noch immer kalt. Eduard steht zum Abschied bereit: »Wir lassen es dabei, Lore.«

Auch Karline will dem Ort nicht grußlos den Rücken kehren. Sie beteuert Lore zum wiederholten Mal, dass es ihr leidtue, sich mit ihren Exponaten für Eduards Galerie entschieden zu haben, obwohl anderes verabredet war.

»*Er* hat entschieden, nicht *du*«, stichelt Lore.

Plötzlich klingt ihre Stimme klar.

»Wie auch immer«, sagt Karline, »das muss nicht das Ende unserer Freundschaft bedeuten.«

»Natürlich. Was könnte uns trennen?«

»Die Zeit!«, ruft Ziva, an Eduard zerrend. »Ich habe nicht mehr viel davon.«

Karline schämt sich, fühlt sich schuldig, zumal Lore zu weinen beginnt. Ungehemmt schnäuzt sie sich ins Bienentuch und bittet um eine letzte Chance: »Vielleicht kann Eduard noch schnell das Fleisch… ich meine, Grillen ist Männersache… jetzt beginnt doch unser Fest und…«

»… wir haben Besseres vor«, unterbricht Ziva Lores Theater.

Sie hält sich an Eduard. Karline pflichtet Ziva bei: »Es tut uns leid, Lore, wir müssen gehen.«

»Wer ist wir?«

Schweigen im Garten. Betreten blickt Eduard zu Boden, auf dem sich Giersch und Disteln breitmachen. Karline folgt Eduards Blick. Mit aufgerissenen Augen starrt Lore in die Runde. Keine Antwort. Schließlich durchbricht Ziva das Schweigen: »Nun atmet mal weiter! Alles hat seine Zeit. Das steht schon in der Bibel, im Kapital und sicher auch in deinem Poesiealbum, Lore-Schätzchen. Adieu! Wir sehen uns spätestens bei der Vernissage.«

Ziva, fest an Eduards rechtem Arm, duldet Karlines Griff nach seiner Linken – eine Vertraulichkeit, die die Situation rechtfertigt.

»Ich bleibe«, beschließt Eduard.

Karline lässt ihn los und murmelt eine Entschuldigung. Zivas Armklammer biegt Eduard mit Gewalt auf. Er bittet Karline, Ziva zum Bus zu begleiten. Sie soll aufzupassen, dass sie nicht stürzt. Er würde sich, wenn es so weit ist, bei ihnen melden.

Rau fühlt sich der Stoff an, in den sich Ziva Schlott gehüllt hat. Zagen Schrittes tippelt sie an Karlines Seite den Weg entlang, der aus der Villa Richtung Stadt führt.

»Diese Natter! Wenn sie etwas gelernt hat aus ihrem Parasitendasein, ist es die Ausbeutung der Wehrlosen. Unser Freund wird sich noch umgucken. Spätestens wenn er sich in die Rolle des Hausmeisters fügen darf.

Diese augenlosen Männer! Hast du das schauderhafte Gelb bemerkt, das sich Madam übergeworfen hat? Als sei sie eine Goldmarie. Lore hätte sich schwarz kleiden sollen, wie es zu ihrem Namen passt: Kohlelore!«

»Vielleicht ist Eduard ganz anders, als wir denken«, wirft Karline ein.

Ziva schnappt nach Luft. Misstrauisch blickt sie Karline an.

»Es macht dir doch nichts aus, dass er bei ihr geblieben ist, oder?«

»Macht es dir etwas aus?«

19

Im Frühherbst, da sich unerwartet Efeu an der Stahlskulptur auf Habichs Grab emporwindet, entschließt sich Karline Regenbein zum radikalen Schnitt. Sie gräbt die von allen Seiten unterirdisch herandrängenden Wurzeln aus der Erde, holt auch die Zwiebeln der Frühblüher heraus und zerhackt die Wurzeln des Tränenden Herzens. Alles muss neu und sicherer werden!

Ich weiß, wo du bist!, klingt es von unten herauf.

Im *Grünen Holländer*, der zu jeder Jahreszeit mit einem Großangebot an Pflanzen lockt, sucht Karline Regenbein Frostbeständiges für die nahende Kälte. Eisbegonien packt sie in den Warenkorb, nimmt sie aber gleich wieder raus, weil sie ihr zu melancholisch anmuten. Besser sind Chrysanthemen, wägt sie ab, doch dieser Art entströmt ein zu gewöhnliches Grabesodeur! Habich hätte es gehasst. Als Karline sich in der Entscheidung verläuft, ob nun Kriechmispel, Dickmännchen oder Gänsekresse als Bodendecker taugen, tritt zwischen all den Offerten Eduard Wettengel hervor.

»An welchen Orten wir uns immer treffen!«, staunt er.

Karline starrt ihn an. Seit dem Grillabend am Orfensee hat sie ein paarmal mit ihm telefoniert, jedoch ohne das Ziel einer Begegnung. Jetzt hakt sich ihr Blick in seinen Blick: das vertraute Erröten, das Lächeln, die Mütze, die Höckernase, die Brille, die Hemdbündchen. Das Jojo, das Karline stets unerwartet in die Hände fällt und dennoch jederzeit am Lebensfaden auf und nieder rollt – ein Spiel, das Geschicklichkeit und Hoffnung auf Erfolg erfordert. Nun steht Eduard, wie aus einem Nährboden gewachsen, vor ihr in der herbstfarbigen Welt des Zierpflanzenparadieses. Warm, satt, erdig, dumpftönig, gleichsam mit großer Strahlkraft.

»Du hast es gut, du weißt, was du willst«, sagt Karline verlegen, mit Blick auf Wettengels Korb.

Darin befinden sich lediglich ein paar Stauden Studentenblumen: leuchtend gelbe Blüten, deren Aroma sogleich von Eduard in Schutz genommen wird: »Sie riechen ein wenig streng, sind aber dankbar in der Pflege. Übrigens entscheide nicht *ich* mich für die Blumen, sondern die Blumen entscheiden sich für *mich*.«

Bevor die Konversation zwischen Karline und

Eduard an Lockerheit gewinnt, tönt es aus einer anderen Ecke des *Grünen Holländers*: »Hier bist du ja, Eddi! Und wie ich sehe, hast du Gesellschaft gefunden.«

Vor ihnen stoppt eine Schubkarre, in der sich ein gewaltiger Tontopf mit hohen schwingenden roten Halmen befindet. Lore Müller-Kilian hat ihn für ihren verstorbenen Gatten als exklusiven Grabesschmuck erwählt.

»Japanisches Blutgras!«, prahlt sie.

Lore wirft der verdutzten Karline ein Luftküsschen zu, bevor sie Eduard sogleich mit dem Vorwurf belegt, er hätte ihre Vereinbarung, gemeinsam den Pflanzeneinkauf zu tätigen, mit feiger Fortschleicherei gebrochen.

»Ich habe versprochen, dass ich dich berate, mehr nicht«, entgegnet Wettengel.

Er zwinkert Karline zu, als plane er eine Verschwörung gegen Lores Behauptung, sie sei ihm per Verpflichtung verbunden.

Lore mustert Karlines Korb und seufzt: »Wie schade, dass dein Geschmack für natürliche Schönheit dem deiner künstlerischen Blüten in keiner Weise gewachsen ist. Du Ärmste! Hast du vergessen, was ich dir beigebracht habe? Genießen! Tanzen! Lachen! Leben! Und wenn wir sterben sollen, werden wir rufen: Nein! Austreiben werden wir! Blühen! Duften! Uns bestäuben lassen! Bald werden wir Früchte tragen, Karline, du und ich und unser Wettengelchen! Wir alle sind Früchte der Liebe …!«

Lore schwankt, verdreht die Augen. Silberbrauner Lidschatten, schwarze Wimperngrannen, rostiges Lippenrot, gelbgrundige Gesichtshaut. Das Bienentuch um ihren Hals zittert. Das quittenfarbene Samthütchen droht sich von den Haarnadeln zu lösen. Mühsam hält es Lore fest.

»Weißt du, was mit ihr los ist?«, flüstert Karline dem Freund zu. »Jedes Mal, wenn wir uns treffen, ist sie so komisch.«

»Sie tut mir leid«, lautet seine Antwort.

Nach kurzer Absenz steht Lore Müller-Kilian wieder auf festen Füßen. Ihrem Blick in Wettengels Warenkorb folgt ein barmherziges Aaach!

»Das ist nicht dein Ernst«, schimpft sie, »Studentenblumen! War dir Odila so wenig wert? Oder hast du dieses billige Kraut für deine hochkarätige Frau Professor gekauft? Wo ist sie eigentlich? Liegt sie bei dir im Bett, Eddi, oder schon neben ihrem Herrn Gatten?«

»Ziva hat heute keine Zeit. Sie arbeitet am Eröffnungsvortrag für Karlines Ausstellung. Außerdem finde ich es ordinär, wie du über uns redest. Es ist unter deinem Niveau, Lore!«

Wettengels Stimme ist streng, sein Blick von ernsthaftem Zorn umschattet.

»Natürlich!«, ruft Lore, sich an die Stirn schlagend.

Sogleich fügt sie leise hinzu: »Wie konnte ich das vergessen. Da steht uns bald etwas Großes bevor, und ich spiele hier die hysterische Kuh. Tut mir leid. Ehrlich. Ich wollte das nicht. Ich will so oft nicht, was ich tue. Aber ihr wisst doch, was es bedeutet: allein sein. Ich lasse euch jetzt auch allein. Mein Mann erwartet mich. Japanisches Blutgras! Er wird staunen. Wir sehen uns bald. Karline, Liebe, sehen wir uns bald? Eduard, und wir? Sehen wir uns?«

»Es wird sich nicht vermeiden lassen«, sagt Wettengel.

Eine Sekunde lang spürt er Lores rostige Lippen auf seinen, dann ist sie samt Schubkarre Richtung Kasse verschwunden.

»So«, meint Eduard erleichtert, »die sind wir für heute los.«

Er greift nach Karlines Nacken. Der Druck seiner Hand verströmt Wärme. Karline wagt nicht zu atmen. Sie will sagen, dass ihr Bild sich noch immer in unfertigem Zustand befindet, dass es noch lange nicht vorzeigbar ist. Kein Wort bringt Karline hervor. Eduard löst seinen Griff.

»Wir sehen uns«, verspricht er und geht an die Kasse.

20

Schneegries auf dem Fensterbrett. Eine fedrige Wehe, die, da Karline Regenbein das Fenster öffnet, sogleich zu ihr vordringen will. Karline schließt das Fenster. Unruhig ist sie, obwohl der Tag Stille fordert: Totensonntag, an dem der Verstorbenen gedacht wird. Karline gedenkt, ihr Bild heute zu Ende zu bringen. In der Arbeitsstube wartet es:

im Halbdurchsichtigen drei Nereiden, aus ihren Höhlen am Grunde des Meeres gestiegen, hoch zu ihrem Gott, der auf einem Fabelwesen über Wellen reitet, vorne Pferd, hinten Fisch. Nymphen umkreisen ihn, und er erfleht ihre Gesellschaft, spielt den Schiffbrüchigen, den sie beschützen, besingen, begleiten sollen. Doch die Nymphen treiben andere Spiele. Im Wasser schwesterlich schwebend, sind sie Seefrauen, die nur sich selbst unterhalten, in kecken Spielen, plaudernd, mit Delfinen singend. Während der Gott um Rettung seiner Mächtigkeit fleht, zwingt er sein Reittier zu einer schaumschlagenden Levade. Poseidon, der Poser! Der Hippokamp trägt ihn durch die brodelnde Brühe der Geschichte, und die älteste der Gespielinnen mit moosgrün übermalter, am Leib schlotternder Haut und dem Haar aus Tang, rauscht dem Tier zwischen die Hufe. Gischt wirft sie auf, lacht aus zahnlosem Mund, während sie einen Arm um die Hüfte der mittleren Schwester legt, deren goldgelbe Locken als Schleier wallen, aus den Tiefseeschloten der Lüste gestiegen, in den Händen Zügel eines Wagens aus Wasser, von kaum sichtbaren, flimmernden Rossen gezogen, hoch ins Reich des Uranos oder hinab ins Okeanische oder in das jener Welt, die aus dem unteren Bildrahmen springt, schäumend wie das Begehren der dritten Nereide, die das Antlitz der Künstlerin trägt: bedeckt von Tentakeln glasiger Quallen, umgarnt von Anemonen und Korallen. Ein wenig abseits tanzt sie, aus den Augenwinkeln ihren Blick Richtung Meergott sendend, der ihr blinzelnd antwortet, verwirrt vom Tosen und dem Getier um ihn, doch hingelenkt zur Jüngsten, die ihm, aus anderem Winkel betrachtet, den Blick entzieht und den Schwestern huldigt, welche ihre verhaltene Grazie bewundern, neidvoll, weil der Gott einer Unscheinbaren erliegt, während er Tang- und Sonnenhaar als Staffage girrender Gestalten erkennt. Überm Meer: des Himmels mannigfaltiges Gestirn. Rückseitig durch die Leinwand dringend: Lichtfasern der Morgenröte. Von links oben stürzt in schrägem Flug

Richtung Bildmitte ein Flugzeug, ein Stern, ein stählerner Strahl, ein Vogel, wer weiß.

Karline Regenbein legt den Pinsel aus der Hand. Ohne die Finger zu säubern, greift sie zum Telefon, wählt Eduard Wettengels Nummer. Es dauert, bis er abnimmt.

»Es ist fertig. Du darfst es sehen. Am besten gleich«, sagt Karline.

Schnell legt sie den Hörer auf. Was bilde ich mir ein, denkt sie, erst stoße ich ihn zurück, jetzt soll er springen? Karline ahnt: Steht er in der Tür, bringt er diesmal keine Blumen, sondern Futter für ihre Angst mit. Er wird der Erste sein, der die Chiffren ihrer Sehnsüchte erblickt. Das Endbild, das sie ihm zueignet. In der Furcht, dass er es nicht zu schätzen weiß.

Sie hört die Frauenstimme bereits durch die Gegensprechanlage. Im Moment des Schreckens ist Karline versucht, die Besichtigung abzusagen. Zu spät. Die Haustür steht offen. Auf der steilen mürben Treppe stolpert Lore Müller-Kilian nach oben. Eduard folgt ihr.

»Asozial! Eine Ruine! Man bricht sich den Hals«, stöhnt Lore.

»Du hättest unten warten können«, sagt Eduard.

»Damit du dir Karline unter den Nagel reißen kannst?«

»Was redest du?«

Karline Regenbeins Reich beginnt auf der Schwelle zum Kochkabuff. Lore begrüßt die Malerin mit dem obligatorischen Wangenkuss linksrechts, Eduard mit züchtigem Handschlag. Der Asternstrauß, den Eduard mitgebracht hat, legt er auf die Garderobe und erklärt: »Die will ich gleich zum Friedhof bringen.«

»Unser Freund beerdigt Blumen«, spottet Lore.

»Ich habe auch vor, zum Friedhof zu gehen«, sagt Karline, und nach Sekunden des Zögerns fragt sie Eduard: »Nimmst du mich mit?«

»Totensonntag will ich allein sein.«

»Tut mir leid, dass ich nicht daran gedacht habe.«

»Mir tut es nicht leid«, meint Lore, »kein Mensch kann den ganzen Tag lang trauern. Vor allem nicht, wenn es vom Kalender befohlen wird. Trauer macht müde, bucklig und vergesslich. Schau dir Eddi an. Er hat Gardinen vor den Augen. Wenn er noch länger wie ein Klageweib kraucht, braucht er bald einen Stock. Doch bis es so weit ist, stützt er sich auf mich, nicht wahr?«

»Hör nicht auf sie«, sagt Eduard zu Karline, »ich bin froh, dass du mich angerufen hast, und gespannt, was du uns zeigen wirst.«

»Ich beeile mich«, verspricht sie.

Da tut Eduard Wettengel etwas, das den Griff in den Nacken übertrifft. Er nimmt Karlines Hände und schmeichelt der rissigen, von Farbspuren gezeichneten Haut. Karline hält den Atem an.

»Es ist noch nicht trocken«, platzt sie heraus.

»*Du* bist noch nicht trocken. Und zwar hinter den Ohren«, geifert Lore.

Nach dem Treffen im *Grünen Holländer* ist Lore abgemagert. Der Hosenanzug aus Glencheckkaschmir schlappt um Schultern, Hintern, Beine. Das Bienentuch hat Löcher und Flecken. Kein Hütchen lenkt vom strohigen Haar ab, keine Sonnenbrille von den entzündeten Augen. Der Lack auf Lores Fingernägeln wirkt glanzlos. Ungebeten stöckelt sie den Flur entlang durchs Wohngebiet zur Arbeitsstube. Sie wirft einen Blick auf die verhangene Staffelei, lenkt ihn seitwärts zum Tisch, worauf sie die aufgemalten Teller entdeckt.

»Du liebe Güte! Ist das Kunst oder Hungerfantasie?«

Eduard fällt ein, dass er schon lange die zerschlagenen Teller durch neue ersetzen wollte. Der Vorfall, obgleich er ihn derzeit beunruhigt hatte, ist ihm aus der Erinnerung gefallen. Jetzt schämt er sich doppelt und raunt Karline zu, er habe nicht verhindern können, dass Lore mitkommt. Sie habe plötzlich vor seiner Tür wie ein ausgesetzter Hund gestanden. In letzter Zeit wirke sie sehr anhänglich, geradezu aufdringlich. Etwas sei anders geworden an ihr, doch was?

»Vielleicht ist jemand gestorben, oder sie hat sich verliebt«, vermutet Karline.

»Wie kommst du darauf?«

»Weil nur der Tod und die Liebe alles verändern.«

»Und die Kunst«, ergänzt Eduard.

Lore patscht mit der Hand auf die gemalten Teller und tönt: »Hier fühl ich mich gleich zu Hause. KPM, Meißner oder Rosenthal? Sag schon, Karline, wer hat dir diese Kostbarkeit vermacht? Deine begüterten Ahnen? Die pure Not? Ah, ich weiß! Es sind Objekte aus der Galerie Wettengel.«

»Gut erkannt«, sagt der Galerist.

Nun will Lore nicht länger warten und reißt das Laken von jenem Bild, dem sämtliche Aufmerksamkeit gilt.

»Was tust du da?«, ruft Karline.

»Was getan werden muss, Schätzchen!«

»Es ist mein Werk, ich…«

Das Farb- und Sinnenpanorama, das so lange auf seine Entstehung gewartet hat, öffnet sich in den Raum. Stille, die nur durch das Knacken der Lampe, die es beleuchtet, unterbrochen wird. Dreimal tippt Lore mit dem Finger auf die goldhaarige Nereide.

»Das – bin – ich!«

»Sei vorsichtig«, bittet Karline, »die Farbe ist noch feucht.«

»Wie neugeboren!«

Lore reißt die Arme hoch, schließt die Augen, dreht sich im Kreis wie ein Derwisch, Ich – Ich – Ich!

»Es sind nur Kopfgeburten, Mythen, Spielerei.«

Karline versucht, Lore mit Ernüchterung zu bremsen. Es nützt nichts. Lore rotiert. Eduard würde den Ort am liebsten verlassen. Auch er hat sich auf dem Bild erkannt. Das Antlitz Wettengel, nicht klassisch mit Bart und Krone, sondern die perlmuttglänzende Glatze von Tanglocken umkränzt, Medusenaugen über der Höckernase, der sanft gerundete Amorbogen. Mit zager Geste hebt der Gott die leere Hand, als sende er ein Zeichen. Doch der Betrachter kann das Zeichen nicht deuten. Es verfliegt im Ungefähren, schaumumspült, von Winden verwaschen. Das artistisch geformte Portrait. Eduard, Herrscher des Meeres, auf blauem Fabelwesen reitend, halb machtstolz, halb in sich gesunken. Entkommen will er in dieser Gestalt den Wasserbräuten, die mit ihm spielen, dreist nach ihren Regeln, obgleich er doch der Spielführer ist. Hilflos seiner Rolle ausgeliefert, reißt er am Schopf der garstigen Nymphe, greift mit der anderen Hand ins Ich – Ich – Ich, das Goldhaar einer unersättlichen Thetis, die dritte Nereide schließlich, harmlos verschleiert …

Am Ende jeden Spiels wartet der Teufel. Das hat Eduard für sich in Erfahrung gebracht. Und er weiß, was er sieht. Genug, um seine Erkenntnis nicht öffentlich kundzutun. Er dreht den Schrecken nach innen, wendet den Blick von der Bloßstellung seiner Person, vom unverhohlenen Angriff der Künstlerin, die ihn zur Karikatur erniedrigt hat. Poseidon, der Pennäler.

Eduard muss parieren. Er ist der, der er ist. Besitzer, Oberhaupt. Seine Galerie: beste Adresse der Stadt. Jedermann, der etwas von Kunst versteht, schätzt seine Meinung. Daher beurteilt Eduard Wettengel scheinbar unberührt von den Abgründen seiner Interpretation Karline Regenbeins Gemälde als fabelhafte Komposition, angesiedelt zwischen Bosch und Barock. Das mythische Treiben, bekräftigt er, sei ein Höhepunkt Regenbein'scher Ästhetik, die jedoch nur eine Kennerin wie Frau Professor Ziva Schlott in jeder Einzelheit analysieren könne.

Zu diesem Zweck schießt Eduard ein paar Fotos.

»Ich wäre glücklich, möglichst bald Zivas Meinung über das Bild zu erfahren, aber gefällt es *dir* denn?«, wagt Karline bei Eduard vorsichtig nachzufragen.

»Der gute Junge rätselt an einem Wimmelbild!«, ruft Lore.

Im Überschwang ihrer Erkenntnis prallt sie gegen die Wand, rutscht zu Boden, reibt sich die Knie und lacht: »Nix passiert!«

Karline steht starr.

»Mir reicht's«, sagt Eduard.

Er packt Lore am Arm, zieht sie hoch.

»Warum betrinkst du dich?«

»Seht ihr hier irgendwo Champagner? Ich trinke seit Monaten keinen Tropfen mehr.«

Lore schnieft und wischt ihre Nase mit dem Ärmel ab.

»Du gehörst ins Bett. Du hast dich mächtig verkühlt«, sagt Karline.

»Irrtum. Ich habe mich nicht verkühlt, sondern verkannt. Karlinchen! Ich sehe mich hier und heute zum ersten Mal. Und auch das nur als Hülle, die durch die Zeit schwebt und nach etwas verlangt hat, was sie füllt. Wie alt musste ich werden, um das zu begreifen? Egal, ich weiß es nicht. Aber eines ist sicher: Diese Frau auf deinem Bild, die – bin – ich! Mein Gott, mein Gott. Alles irre und doch von reiner Wahrheit. Karline, ich danke dir, du bist ein Genie.«

»Bin ich nicht.«

Hilfesuchend schaut Karline zu Eduard. Er hat die Brille abgenommen, um die Gläser mit einem Taschentuch zu putzen. Lore Müller-Kilian postiert sich vor der Staffelei. Sie spannt ihren Körper, als müsse sie eine Rede vor vielen Leuten halten.

»Lass das, Lore«, bittet Eduard, »Karline hat recht. Du brauchst Ruhe.«

Ungeachtet dessen beginnt Lore zu sprechen. Ein Wortschwall ergießt sich über den Sinn des Gemäldes, emphatisch, scharfsichtig, geistreich, wie Eduard und Karline verblüfft feststellen. Als sei Lore aus ihrer nachahmenden Welt herausgetreten in ihre eigentliche Bestimmung mit unbestechlichem Blick und der Befähigung zur eigenen Meinung. Lore steigt durch das Bild als freies partnerloses Ich. Getragen durch eine aufputschende, gleichsam auszehrende Energie. Sie redet, redet, und nach nicht enden wollenden euphorischen Tiraden geht Eduard dazwischen: »Stopp, Lore! Denk bitte daran: Es ist Totensonntag.«

21

Fröhliches Feiern!, keckert es aus der Buchsbaumhecke, die den Hauptweg des Friedhofes säumt.

Totensonntag. Sechzehn Uhr sieben. Im Donnerfauchen eines sich nähernden Flugzeuges zittern letzte Blätter an den Bäumen, bevor sie im Abgebrumm der Maschine zu Boden trudeln. Karline Regenbein ist mit leeren Händen gekommen. Nicht mal ein Grablicht hat sie bei sich, kein Bündel Reisig, mit dem sie ihre Trauer winterfest machen könnte. Karlines Himmelsblick: eine herbstliche Palette Grautöne, die sie am liebsten mit vordringenden Farben aufgemischt hätte. Rot, Orange, Lichtgelb, Hellgrün, nur nicht Blau.

Blau ist die *Schwalbe*, auf der Eduard vor einer halben Stunde an ihr vorbeigeflogen ist. Als Beifliegerin Lore Müller-Kilian, die, bäuchlings an den Rücken des Piloten geklammert, Karline triumphierend durch den Zaun zugewinkt hat.

Sechzehn Uhr neun. Knattern reißt den Himmel auf. Ein Helikopter kreist überm Areal, als hätte er die

Order, Unglück auszuspähen. Er kreist über Karline Regenbein, die sich die Ohren zuhält. Das riesenhafte Insekt, eine metallische Libelle, die dem Sonntag die befohlene Ruhe raubt. Am Bauch des Tieres in stahlblauer Schrift auf weißem Grund: *MERCY AIR*.

Da öffnet sich die Buchsbaumhecke. Hervor tritt Ziva Schlott. Sie trägt einen Mantel aus englischrotem Wollwalk, Stirnband und Pulswärmer. Noch rechtzeitig vermag Karline Ziva festzuhalten, denn der Mantel, vollgesogen mit Herbstfeuchte, droht, sie zu Boden zu ziehen. Von den Rotorblättern des Helikopters kracht es auf die Witwen nieder. Posaunenstöße, die die Toten aus den Gräbern rufen. Ziva Schlott glaubt nicht ans Gottesgericht, das über alle und alles entscheidet. Die Unendlichkeit der Weisheit, dessen ist sie gewiss, liegt in ihr selbst bestimmt. Auch wenn sie die achtzig weit überschritten hat und Lunge und Herz nur mehr mit halber Kraft ihren Dienst tun. Mein Hirn ist mein Zentralorgan, lautet ein Lebensmotto von Ziva, und: Der Mensch denkt und lenkt. Nachdem der Hubschrauber nach einer letzten prüfenden Runde abgedreht ist, sieht Karline Ziva lemurenhaft. Das Ockergesicht, aschgraues Haar, ein verwittertes, in Not gehülltes Wesen. Nicht mal ein Kippchen will sich Ziva gönnen, so getroffen ist sie vom profanen Lärm, der den Ort bestimmt.

Karline Regenbein hält sich ans seelische Gerüst, das sie sich im Laufe ihres Lebens errichtet hat. Nur nichts anmerken lassen. Nur keine Erschütterung, die nicht in einem Bild verarbeitet werden kann. Während Karline Ziva Schritt für Schritt zu jener Stelle begleitet, wo deren verstorbene Liebe bestattet liegt, schweifen ihre Gedanken zum eigenen Gatten. *Ich weiß, wo du bist.* Nicht weit unter der Erde. Der Boden ist müde, die Leichen sind zäh. Es kann ein Vierteljahrhundert dauern, bis ein Mensch zur Erde zurückgekehrt ist. Karline weiß mehr, als sie wissen will. Bei der Vorstellung einer unvollendeten Verwesung von Rüdigers Leib schaudert es sie. Der Grusel währt kurz, der Trost dauerhaft: Das Bild, auf dem Rüdiger nicht existiert, ist vollbracht. Und doch imaginiert sie aus den Tiefen des Grabes seinen Aufstieg durch Mergel und Sand, durch die eigens von ihr entwurzelten Schichten. Der Leichnam begrüßt sie mit harter Hand. *Ich bin wieder bei dir.* Ich nicht, sagt Karline. *Du bist meine Frau!* Bis dass der Tod uns scheidet. *Wir lassen uns nicht scheiden.* Es kommt Karline vor, als habe sie das vergangene Jahr an einen Traum verschwendet. Rüdiger Habich redet mit ihr, ohne zu fragen, ob sie ihn hören will. *Du hast Talent. Male! Male mich!* Dampfwalze Erinnerung. Der Mann auf der Straße. Der Mann, der Vaters Namen trägt. Der Mann hinter der Fotokamera. Teer, Bitumen, Schotter, Splitt,

Leim. Farbe, die leicht mit Butter von den Händen abzureiben ist. Mutter, Erzieher, Männer, Stimmen von überall her. Deine Farben sind Dreck. Du malst falsch, Karline. Dazu hast du Talent! Regenbein – was soll das sein?

Sechzehn Uhr zweiunddreißig. Trauerwölfe treten aus Büschen, hinter Bäumen und Grabsteinen hervor. Sie versammeln sich vor der Kapelle, als stünde eine Beerdigungsfeier an. Einer löst sich aus dem Rudel und tapert auf die Witwen zu.

»Aus!«, ruft die alte Ziva.

Der Wolf zieht die Lefzen zurück, knurrt, schnappt. Karline versetzt ihm einen Tritt. Mit hängendem Kopf schleicht er zurück zum Rudel, wo er misstrauisch vom Leittier umkreist und beschnuppert wird. Dann sind die Wölfe verschwunden. Karline ist mehr über ihre eigene barsche Zurückweisung, als über den Angriff, den sie erfahren hat, erschrocken.

»Heul nicht«, befiehlt Ziva. »Trauer muss man treten. Das ist nur gerecht! Am Anfang hätschelst du sie wie einen Welpen, das ist bereits der erste Fehler. Sie macht mit dir, was sie will, weil du denkst, sie liebt dich. Aber sie will nur fressen, wachsen und den, der sie füttert, beherrschen. Wenn du sie nach ein paar Monaten nicht gelehrt hast, dir zu gehorchen, wird sie dich irgendwann reißen.«

Karline spricht mit stockender Stimme: »Vielleicht würde Rüdiger noch leben, hätte er eine geduldigere Frau als mich gefunden. Ich habe ihn nicht verstanden, habe seine Ängste ignoriert und ihn mit mir gequält. Jetzt quält er mich. Das ist nur gerecht.«

»Was sagst du da? Du hast bald deinen großen Tag. *Regenbeins Farben!* Da kann jaulen, wer will. Aber ich warne dich: Wenn du denkst, ich werde den Viechern vorher hier zum Opfer fallen... Irrtum! Ich werde pünktlich meine Rede halten, und du übst schon mal deine Verbeugung.«

Karline ergreift die Hand der Greisin. Beide durchheizt das Gefühl wahrer Bestimmung. Schweigend gehen sie weiter. Der Weg ist mit herabgefallenen Fichtenzapfen übersät.

»Siehst du«, sagt Ziva mit matter werdender Stimme, »wir sterben nicht. Wir zerstreuen uns nur wie Atome und gehen mit anderem neue Verbindungen ein. Die Gemeinschaft überdauert den Einzelnen, die Kunst die Zeit. Das ist tröstlich, nicht wahr? Übrigens habe ich Eduard seit unserem Gartenfest nicht mehr gesehen. Weißt du, was er treibt? Oder mit wem?«

»Ich weiß nichts.«

Karline ärgert sich über die Verzagtheit, die sie zur Lüge zwingt.

»Er weiß wohl selber nichts über sich«, vermutet Ziva. Sie macht Pause, um durchzuatmen. Ihr Atem rasselt. Als den Frauen aus der Dämmerung Eduard Wettengel in Begleitung von Lore Müller-Kilian entgegentritt, rettet sich Karline in Spott: »Wir werden uns ja gar nicht mehr los.«

»Das hoffe ich nicht«, sagt Eduard.

Als hinge ihm eine peinliche Last am Arm, befreit er sich von Lore und wendet sich Ziva zu.

»Um Gottes willen! Wie siehst du aus? Bist du gestürzt?«

»Ja, in den Jungbrunnen! Das Dumme ist nur, es war kein Wasser drin. Wenigstens euch scheint es gut zu gehen. Habe ich etwas verpasst?«

»Allerdings«, sagt Eduard, Zivas Anspielung übergehend, »Karline hat ihr Bild vollendet. Lore und ich haben es vorhin in ihrem Atelier betrachtet. Ein Meisterwerk! Phänomenal. Es tut uns leid, dass du nicht dabei sein konntest. Du weißt schon, die steilen Treppen...«

»Ist das wahr, Karline?«, fragt Ziva. »Warum hast du mir nichts verraten?«

»Ich rede auf dem Friedhof nicht über Arbeit.«

»Verstehe. Man trägt die Zierde der Bescheidenheit! Und ich werde über das Gemälde des Jahrhunderts eine Abhandlung schreiben, ohne es zu kennen. Fein, dass ihr mir das zutraut.«

»Natürlich musst du es vorher sehen«, beschwichtigt Eduard.

Er zückt sein Mobiltelefon, um Ziva die Ablichtungen von Karlines mythischem Gemälde zu zeigen. Mit verächtlicher Geste weist sie es von sich. Sogleich erkennt Eduard, dass er seine Tat nicht rückgängig machen kann. Bildbetrachtung im Display eines Telefons! Das ist eine Zumutung. Er bittet Ziva um Gnade. Er wollte nur den Beweis seines rein geschäftlichen Interesses, das er an Karline wie an Lore hegt, erbringen. Er verspricht, Ziva die Treppen zum Atelier hoch- und wieder runterzutragen, huckepack, in einer Sänfte, auf Händen, auf welche Weise auch immer. Wenn es sein muss, noch heute.

»Ach, Wettengelchen«, seufzt Ziva.

Sie lacht, hustet, lacht, klammert sich an Eduard und fordert, man möge sie endlich zu Hartwigs Grab bringen.

Siebzehn Uhr zehn. Dunkelheit, von Öllichtern durchflackert. Kirchglocken mahnen im Wechselschlag an Vergänglichkeit und Ewigkeit. Wolfskälte vertreibt letzte milde Novemberluft. Fester hüllt sich Ziva Schlott in ihren Mantel. Auch Lore Müller-Kilian, obwohl sie überm Hosenanzug einen Nerzumhang trägt, friert. Schweigsam ist sie geworden, als stecke ihr tiefe Müdigkeit in den Gliedern. Karline, trotz gefüttertem Parka fröstelnd, teilt Lores Schweigen. Sie gehen nebeneinander. Die Luft hat sich beruhigt. Über den

Wolken ein Düsenjet, den keiner hört, da er nicht landet, sondern in großer Höhe die Stadt überquert. Sekunden später eine tieffliegende Tupolew, ebenfalls lautlos. Karline sieht grüne und rote Leuchten an den Flügelspitzen und am Rumpf die weißen blinkenden Kollisionslichter. Erste Schneeflocken. Sie schmelzen, bevor sie den Boden erreichen. Eduard Wettengels Schritte sind fest, als habe er eine härtere Gangart trainiert.

»Es ist nicht mehr weit«, tröstet er Ziva, die ihm anhängt.

»Es dauert ewig.«

Sie kennt ihr Ziel am Weg Richtung Kriegsgräberstätte, hinter Buchenhecken. Irritiert blickt sie um sich. Kahle Bäume. Nachtgrüner Efeu, dessen Ranken als Fußfesseln den Weg unsicher machen. Einmal schnellt eine Ranke nach oben, eine Peitsche, die sich blitzartig um Zivas Beine wickelt. Ziva verbeißt den Schmerz. Sie zittert, und sie verbietet sich die Angst. Fremde Grabstätten, Hecken wie Mauern aus Finsternis.

»Zum Teufel, gibt's hier kein Licht?«

Ziva fummelt am Feuerzeug herum. Es gelingt ihr nicht, den Ort zu erhellen. Eduard hilft. Im Flackern des Flämmchens sehen sie auf Efeu gebettete Trümmer, die gestürzte Stele neben dem zerschlagenen Sockel.

»Wir sind falsch«, sagt Ziva.

Eduard, Lore und Karline stützen Ziva, auch als sie näher an den Stein herantritt. Er hat keinen Namen mehr. Doch weder Moos, Algen noch jahrelange Verwitterung haben ihn unleserlich gemacht, sondern darübergestrichene Farbe. Welche Art kann Ziva im Schein des Feuerzeuges nicht erkennen, nur dies: Unter dem ausgelöschten Namen steht ein Zeichen, eingemeißelt, gehackt oder gehämmert. Zivas Finger streichen über den Riss, der den Stein spaltet.

Erschöpft schließt sie die Augen, und hinter der dünnen Lidhaut sieht sie ein kleines Kind, das seine Hände hinterm Rücken verschränkt hält. Ziva will wissen, was es versteckt – eine verbotene Süßigkeit, ein Messer, eine Peitsche? Doch das Kind, das plötzlich das Antlitz von Mechel Scharlach trägt, fragt mit rauer Stimme: Hast du Feuer für deine Fehlgeburt?

»Nein!«, schreit Ziva und reißt die Augen auf. Da ist nur der Stein, von dem Hartwigs Namen gelöscht worden ist.

»Wer war das?«, flüstert Ziva. »Die haben sich bestimmt geirrt. Die meinen mich. Deine Frau, deine Ziva. Sie ist bei dir. Aber sie ist nicht mehr scharlachrot, sondern innen vollkommen weiß. Wie der Tod und die Freude. Ich bin die hellste aller Farben. Bald kannst du sie sehen. Doch warum haben sie dich umgestoßen? Wo bist du? Lieber, Liebster. Die meinen mich. Du hast keine Schuld...«

Der Husten, welcher Ziva zurückstößt, schwächt sie derart, dass Eduard glaubt, einen Krankenwagen rufen zu müssen.

»Die Polizei soll gleich mitkommen«, sagt Karline.

Lore sagt gar nichts. Stumpf steht sie bei den anderen. Als stärkerer Schneefall einsetzt, öffnet sie den Mund. Flocken fallen auf ihre Lippen, die sie ableckt.

»Lasst mich allein!«, röchelt Ziva.

»Das ist Grabschändung. Du musst Anzeige erstatten«, drängt Eduard, »wir gehen jetzt alle gemeinsam zur Polizei.«

»Das tun wir«, bekräftigt Karline.

Lore, wie ein Kind aus der Luft nach Schneeflocken schnappend, wird munter.

»Was ist eigentlich passiert?«, fragt sie.

»Haut ab!«, ruft Ziva, »sonst hole *ich* die Polizei!«

Alleinsein. Eduard Wettengels Totensonntagstradition. Er versichert sich, dass seine Hilfe nicht weiter benötigt wird.

»Ruft mich an, falls Ziva es sich anders überlegt.«

In der schneeigen Dunkelheit geht Eduard davon. Ziva kniet im Efeu, als bete sie. Auf ihren Mantel setzen sich Flocken. Ohne den Kopf zu heben, schnarrt sie: »Nun lauft ihm schon hinterher!«

»Das lassen wir schön bleiben«, sagt Lore und zu Karline gewandt: »Was unternehmen wir beiden Hübschen jetzt?«

»Warten, bis sich Ziva beruhigt hat. Dann bringen wir sie nach Hause.«

»Herrje, bist du ein guter Mensch! Hast du nicht gehört? Ziva will allein sein.«

»Sie erfriert.«

»Na und? Da hat sie's bald hinter sich. So wie wir's alle bald hinter uns haben. Was hältst du davon: Wir beide machen's uns bei mir zu Hause gemütlich. Da wir unserem König Edward als Gesellschaft zu gering sind, trösten wir uns mit Punsch. Komm schon. Frau Professor hat ihren Willen. Oder hast du Sorge, ihre Stimme wird in deinem Katalog fehlen?«

»Ziva hat Angst, merkst du's nicht?«

»Wovor sollte ich Angst haben?«, tönt es vom Grab. »Vorm Tod etwa? Angst hat nur jemand, der sich nicht als Teil eines Ganzen versteht. Da können die Idioten machen, was sie wollen.«

Ziva hat sich aufgerichtet. Sie klopft den Mantel ab, sucht nach Zigaretten, findet eine in der Rocktasche, lässt sich Feuer geben, nimmt drei tiefe Züge.

»Na bitte«, sagt Lore, »geht doch! Wir gehen jetzt ebenfalls.«

»Ja, und zwar ins Atelier. Ich will das Bild sehen«, fordert Ziva.

Karline: »Es tut mir leid, die Treppen...«
»Ihr habt es versprochen.«
»Eduard der Starke hat versprochen, dich auf Händen zu tragen. Ich rufe ihn an.«
Schon greift Lore nach ihrem Telefon. Ziva: »Ich brauche keinen Nothelfer. Ich habe euch. Auf geht's!«

In Aufbietung aller Kräfte tragen Karline und Lore die alte Freundin hinauf ins Atelier. Teils huckepack, teils im Überkreuzgriff. Fünf Etagen. Nach jedem Treppenabsatz machen die Frauen Pause. Dann geht es weiter. Sie ächzen mit den Stufen und dem Holzgeländer um die Wette. Schneesturm drückt gegen die Hausfenster. Karline hofft, dass nichts bricht.

22

Heiligabend macht der Winter Pause. Fünfzehn Uhr vierzig. Karline erscheint in Gummistiefeln. Sie zertritt die Eishaut der Pfützen vor der Friedhofspforte, die Besucher in ihre Untiefen locken. Karline Regenbein nennt den Tag ihren Namenstag, denn es hat bis in die Mittagsstunden geregnet. Mit beiden Beinen steht sie knöcheltief im Wasser. Noch knistern Eisreste. Verharschte Schneewehen sinken zusammen und fließen als graue Nebenflüsse in Richtung Unterwelt. Bäume tropfen. Meisen, Sperlinge, Rotkehlchen schütteln ihr Gefieder, bevor sie tschilpend und schnickend zwischen Gräbern und Hecken umherflattern. Föhn verwandelt den winterlichen Vorgeschmack des Jahres in frühlingshafte Erwartung.

Vereinzelt stapfen Leute über den durch Matsch und Pfützen verwunschenen Weg zur Kirche. Sechzehn Uhr. Christvesperläuten. *Ich steh an deiner Krippe hier...* Auf die Stahlskulptur stellt Karline ein Weihnachtsbäumchen aus Plaste, das, batteriebetrieben, von innen leuchtet. Karline weiß nicht: Wird es wärmer oder kälter um sie herum. Das flackernde Bäumchen ist ihre Rache für die Weihnachtsabende, die sie als Ehefrau erduldet hatte: zimmerdeckenhoher Christbaum, Gänsebraten, teure Geschenke und Glockenklang vom Plattenspieler. *Oh du fröhliche...* Habich hatte Feiertage nicht genossen, sondern seine Verachtung jedweder Rituale in überzogenen Zeremonien zelebriert. Spott war das Einzige, womit er sich gewehrt hatte gegen Routine, Schlaf- und Eifersucht, gegen das Unverlässliche seiner Zeit.

»Sie ist um«, sagt Karline.

Sechzehn Uhr fünfzig. Dämmerung zieht hoch hinterm Stern, der, den Heimweg weisend, zugleich von Kommendem kündet. Klingglöckchen. Die Christvesper ist zu Ende. Während Kirchgänger versuchen, um Matsch und Pfützen auf dem Friedhofsweg einen Bogen zu machen, läuft Karline Regenbein quer durch. Unter ihren Stiefeln schmatzt der Schlamm. Leicht fühlt sie sich, wie in sanften Stunden ihrer Kindheit. Heute wird sie ihren Vater besuchen. Seit zwei Jahren lebt der Witwer im Seniorenheim.

Er winkt vom anderen Ufer der Pfütze, die vor dem Friedhofstor aufwartet.

»Ich hätte mich gewundert, wenn wir uns hier nicht treffen«, sagt Eduard Wettengel und, auf seine schlammigen Schuhe zeigend: »Wie ich sehe, haben wir noch mehr gemeinsam.«

»Ziva geht es einigermaßen gut«, sagt Karline schnell, um vom Verdacht, Eduard würde ihre Freude über sein Auftauchen bemerken, ablenken.

»Ich weiß. Wir telefonieren täglich miteinander.«

»Täglich?«

Bis zum Stiefelschaft versinkt Karline in der Pfütze. Eduard reicht ihr die Hand. Karline macht einen Sprung und landet auf seiner Seite.

»Na dann – fröhliches Feiern!«

»Das wünsche ich dir auch«, sagt Karline.

Er führt sie ein Stück des Weges mit sich. Seine *Schwalbe*, erklärt er, würde Winterruhe halten, daher sei er zu Fuß unterwegs. Heute Morgen sei er noch in der Galerie gewesen, um letzte Weihnachtsgeschäfte zu tätigen. Er verkaufe inzwischen sogar an Amerikaner und Japaner, und im neuen Jahr müsse er sich nach einer Mitarbeiterin umsehen, um wenigstens die Buchhaltung bewältigen zu können.

»Lore könnte deine Mitarbeiterin werden«, schlägt Karline vor.

Sie ärgert sich sogleich, so etwas überhaupt zu denken.

»Keine schlechte Idee. Lore hat Ahnung vom Geschäft. Aber weißt du, wie alt sie ist?«

»Zu alt!«

»Du magst sie nicht?«

»Magst du sie?«

Eduard lächelt.

»Waten wir noch ein Stück gemeinsam durch den Sumpf?«

»Gern«, sagt Karline.

Sie schlendern den Weg außen am Friedhofszaun entlang, ein Stück neben dem Stadtgraben, der sich in feiertäglicher Stille durch den Bezirk schlängelt, vorbei an lichtergeschmückten Häusern oder an solchen, die ihre Fenster dunkel halten, obwohl dahinter Menschen wohnen. Eduard plaudert über dies und das, und wohin ihn die Pflicht am Heiligabend beordert. Nach Odilas Grab wird er seine Eltern besuchen. Seit zwei Jahren leben sie im Seniorenheim.

»In der ›Spätlese‹?«, erkundigt sich Karline.

»Ja. Wieso?«

»Mein Vater wohnt dort ebenfalls.«

Sofort spürt Karline etwas, das sie ermutigt, sich näher nach Eduards Vergangenheit zu erkundigen: Noch nie habe er, gibt sie ihm zu verstehen, etwas über seine Eltern preisgegeben, ebenso wenig über Odila. Nun sei es Zeit und Weihnachten schließlich das Fest der Familie. Ob er ihr den Namen seines Vaters verrate.

Schweigen.

»Heißt er vielleicht Karl? Wie meiner? Es könnte doch sein, jetzt wo wir so viel Gemeinsames…«

»Er heißt Balduin.«

»Balduin Wettengel und Karl Regenbein. Das klingt poetisch, wie Freunde aus einem Roman. Die beiden kennen sich sicher.«

»Warum sollten sie?«

»Weil sich Leute im Seniorenheim untereinander kennen.«

»Ach was. Alte Frauen sitzen gern zusammen. Alte Männer wollen nichts mit dem Rest der Lebenden zu tun haben. Mein Vater hat, seit er im Heim ist, sein Zimmer nicht verlassen. Er duldet nur meine Mutter um sich, ein paar Pfleger und einmal im Jahr mich. Meine Mutter heißt übrigens Alwara. Das nur, damit dich die Neugierde nicht auffrisst.«

»Alwara?«

Karline macht eine Pause.

»Eduard, es ist unglaublich!«

»Was? Dass meine Mutter Alwara heißt? Unsere Ahnen hatten ein Faible für antiquierte Namen…«

»Mein Vater hat mir vor ein paar Wochen gestanden, dass er sich verliebt hat. In eine Heimbewohnerin namens Alwara.«

»Davon weiß ich nichts«, sagt Eduard.

»Es ist wahr.«

»Du fantasierst, Karline.«

»Ich habe die beiden mit eigenen Augen gesehen. Sie gehen gemeinsam zum Tanztee, zum Lesenachmittag, und sie treffen sich regelmäßig in der Raucherecke. Manchmal machen sie Straßenbesichtigungen. Du musst wissen, Vater war in seinem ersten Leben Walzenfahrer. Wenn ihn irgendetwas interessiert, sind es Straßenbeläge. Er kann durch Straßen wie durch ein Museum gehen – hier sehen Sie Asphalt, hier sehen Sie Beton, hier zeigen wir Ihnen eine berühmte Schotterpiste! Leider war Vater lange vorm Rentnerdasein wegen Asbestlunge invalid geschrieben. Fast gleichzeitig ist meine Mutter gestorben. Herzinfarkt. Papa war lange allein, ein einsames Arbeitstier, das keiner mehr brauchte. Auch er wollte niemanden mehr um sich, nur noch Wärme, Bequemlichkeit, und satt wollte er sein. Bis er Alwara kennengelernt hat. Im Seniorenheim! Er schwärmt von ihr. Ihren Nachnamen hat er mir freilich nicht verraten, sonst hätte ich...«

»Was redest du?«, unterbricht Eduard. »Das denkst du dir alles aus. Tanztee! Walzenfahrer! Asbestlunge! Dein Vater mit meiner Mutter! Du gehst mir auf die Nerven, Karline. Was willst du von mir?«

»Was soll ich von dir wollen?«

Es gibt keine Antwort. Jojo des Glücks. Es rollt nach unten, doch diesmal scheint die Schnur zu reißen, und das Glück fällt in die Gosse. Karline beißt sich auf die Zunge. Sie versteht Eduard nicht. Er knöpft die Jacke bis zum Hals, obwohl in der Abenddämmerung die Temperatur abermals ansteigt. Schweigend gehen

Karline und Eduard weiter. Ihre Richtung ist dieselbe. Kurz bevor sie den Weg zum Seniorenheim einbiegen, sagt Eduard: »Verzeih, heute ist alles so widersinnig.«

»Ich weiß. Ich kann's auch nicht glauben.«

Bevor Eduard abermals aus den Tiefen seiner Zerknirschung die Freundin vor den Kopf stößt, gesteht er die Lüge: Vater hieße nicht Balduin, sondern Baldrun, und Baldrun sei seine B-Mutter, und diese gleichzeitig so etwas wie sein Vater, verheiratet mit A-Mutter Alwara, und er selbst, Eduard, sei stets der einzige Mann im Haus, und Odila seine Cousine, seine Angetraute, seine einzige wahre, gleichzeitig unwahre Liebe gewesen.

»So, nun weißt du alles von mir, und dabei belassen wir es.«

Unvermittelt beschleunigt Eduard seine Schritte. Karline bleibt zurück. Erst als er ihrem Blickfeld fast entschwunden ist, dreht er sich um und ruft: »Frohe Weihnachten!«

Sie verharrt noch eine Weile im Dunklen. Dann spielt auch sie den Engel für ihren Vater.

Drei Wochen hat der Februarfrost Zeit, die Friedhofserde so tief gefrieren zu lassen, dass ein normaler Kleinbagger durch Spitzhacke und Presslufthammer Verstärkung bekommen muss, um Gräber nach Standardmaß auszuheben. Da der Tod in dieser Kälte

Haupterntezeit hat und auch im Seniorenheim »Spätlese« mit Macht übers Feld geht, verwundert es nicht, dass Baldrun und Alwara Wettengel, Karl Regenbein sowie vier weitere Heimbewohner in schneller Folge einer Beisetzung bedürfen. Einäscherung ist unter solchen Umständen Pflicht, da die Erde sich nicht öffnen will, um einen Sarg zu bergen. Sogar mit Gasbrennern versuchen die Totengräber, den Boden aufzutauen. So geschieht es, dass Karline Regenbein und Eduard Wettengel zwar nicht zur selben Tageszeit, doch am selben Tag ihren verstorbenen Eltern mit gefrorenen Erdklumpen, die sie auf die herabgesenkten Urnen werfen, den letzten Gruß erweisen. In aller Stille, ohne dem anderen zu begegnen.

Mit Erscheinen der ersten Frühblüher Anfang März sacken die Gräber ein, sodass sie nachträglich mit Erde aufgefüllt werden müssen. Bei dieser Tätigkeit sehen sich Karline und Eduard wieder. In einer ersten wahrhaftigen Umarmung, ausgelöst von der Unfassbarkeit abrupten Dahingehens dessen, was sie noch eben als letzte lebende Versicherung ihrer Abkunft empfunden haben.

»Jetzt sind wir beide nicht nur verwitwet, sondern auch verwaist«, stellt Eduard fest.

»Und man hat uns zu Grabnachbarn gemacht!«

Er lächelt ein bisschen. Karline bemerkt es nicht. An Eduards Mantelbrust geschmiegt, erwartet sie den

Rückstoß. Sein Traueratem in ihrem Nacken. Aus Bäumen und Hecken klingt das Hohelied der Drossel, die ihr Revier bestimmt.

Karline und Eduard lösen sich voneinander, als ein Propellergeräusch sämtliche leisen Andeutungen vernichtet. Ein kleiner weißer Ikarus C42 knattert in gemächlichem Tempo über ihre Köpfe hinweg. Eduard nimmt eine Schippe Erde aus der bereitstehenden Schubkarre und schüttet sie in die Mulde des aufgetauten Doppelurnengrabs ALWARA UND BALDRUN WETTENGEL. Eine zweite Schippe aus Eduards Hand ist für das danebenliegende Grab bestimmt: KARL REGENBEIN.

»Na dann«, sagt Eduard, »wir sehen uns zur Vernissage.«

23

Karline wäscht sich das Föhnkunstwerk, das ihr der Friseur verpasst hat, unter fließendem Wasser aus den Haaren.

»Ich bin doch kein Pudel«, schimpft sie.

Lore Müller-Kilian hat sich ihrer angenommen. Bereits am Morgen der Eröffnung der Retrospektive *Regenbeins Farben* steht sie der Malerin mit Rat und Tat zur Seite. Einmal im Leben, darauf beharrt Lore, müsse sich Karline von ihrer Unscheinbarkeitsallüre verabschieden und ihr Mäusefell gegen eine Künstlerrobe eintauschen: Rock statt Hose, schwarzseidene Ausgehjacke, Absatzschuhe, gezupfte Augenbrauen, Make-up, Wangen- und Lippenrot, nicht zuletzt zum Schmuck der gewöhnlich dunkel umrandeten Fingernägel: *Golden Kilian Mondlack*. Alles arrangiert und gespendet von Lore. Auch der Friseurbesuch war ihre Idee, obgleich sie das Resultat, ähnlich wie ihre Probandin, unerquicklich findet. Lore greift selbst zu Kamm und Föhn, korrigiert Karlines Haar ins Verwegene, zupft am Kragen, tupft ihr Parfum hinter die Ohren.

»Soll ich im Zirkus auftreten?«

Karline zeigt sich genervt über den Aufwand, der um ihre Erscheinung betrieben wird. Lore: »Du siehst bezaubernd aus, Schätzchen. Ich muss mir richtig Mühe geben, um mitzuhalten. Lass mich kurz frischmachen...«

Lore verschwindet im Badezimmer. Karline würde ebenfalls gern dahin flüchten, um wenigstens ihren Lippen die natürliche Farbe zurückzugeben. Das Bad bleibt besetzt. Nach einer Weile klopft Karline an die Tür.

»Aufmachen, Lore!«

Keine Antwort. Nicht schon wieder, denkt Karline. Sie erkundigt sich durchs Schlüsselloch, ob es Lore schlecht gehe, ob sie Magentee bringen oder den Arzt rufen soll, sie sei in Sorge.

»Ruf eine Droschke!«

Lore stößt die Tür auf. Frisch ist sie wie der Morgen. Sie fasst Karline an den Händen und singt: »Bilder, Bilder an der Wand! Wir sind die Schönsten im ganzen Land! Karlinchen, die Welt steht uns offen!«

»Du hattest wieder Nasenbluten, nicht wahr?«

Lore legt Karline einen Finger auf die Lippen. Der Duft nach Seife und Lack. Sie führt den Finger über Karlines Wange, den Nasenrücken, zwischen den Augen aufwärts zur Stirn, fünfstrahlig übers Haar, runter zum Nacken, zu den seidenbekleideten Schultern. Lore geht weiter. Karline schreckt es nicht. Ohnehin kommt sie sich fremd vor und kann nicht glauben, dass heute der Tag ist, auf den sie so lange hingearbeitet hat. Womöglich, denkt sie, berühren mich die Hände, die *ihn* sonst berühren. Oder er selbst ist es, der in Nymphengestalt zu ihr gekommen ist, um sie zu entführen. Wohin? In seine Handelswelt? In den Kunstzirkus, wo sie, eine aufgeputzte Artistin, durch die Kuppel fliegen wird? Oder will er sie zu sich nach Hause holen, an seinen eigentlichen Daseinsort, den sie bislang nur durch Expeditionen ihrer Gedanken erahnt?

Im Taxi wischt sich Karline das Lippenrot ab. Lore, an ihre Schulter gelehnt, starrt an die Wagendecke. Eine Weile fahren die Frauen in Erwartung vereint durch die frühlingshaft erwärmte Stadt. Dann stößt Lore die Worte hervor: »Das Leben kann so herrlich komisch sein!«

»Ja«, sagt Karline, »die Leute werden sich über mich totlachen.«

Dann gibt Lore ihre eigentliche Wahrheit kund: »Ich feiere heute meinen Sechsundsiebzigsten, und du wirst berühmt. Das ist komisch.«

Vor der Galerie Wettengel steht die *Schwalbe*. Ende März, wenn letzte Schneereste getaut sind, darf sie wieder fliegen. An der Vorderfront des Hauses kündet ein Transparent von REGENBEINS FARBEN. Karline zuckt zusammen. Zahlreiche Gäste sind bereits erschienen. In Grüppchen stehen sie auf der Straße, rauchen, reden in kaleidoskopischen Begriffen über Kreatives der Neuzeit, über Haben und Sein, über ihre letzten Urlaubsreisen, die sie, die Ozeane der Welt kreuzend, auf exotische Inseln gebracht haben. Zur Erholung vom Müßiggang oder um den Kick der Begrenzung ihres Lebens zu erfahren. Sie alle warten auf die Eröffnung.

An Lores Seite sucht Karline einen Weg, um unerkannt ins Innere zu gelangen. Auf sie gerichtete Aufmerksamkeit macht sie noch immer verlegen. Es kommt ihr vor, als würde sie ihre Arbeiten in feierlichem Rahmen als pure Gefälligkeit bloßstellen. Regenbein – was soll das sein? In der Galerie drängt man sich vor den Exponaten und betrachtet sie so kennerhaft wie flüchtig. Mitunter entfährt einem Besucher ein Laut der Bewunderung oder des Erstaunens darüber, welch bizarrer Zauber die Räume füllt. Nur wenige Leute bemerken die Anwesenheit der Künstlerin. Was man zu wissen glaubt: Karline Regenbein war die Geliebte des Fotografen Rüdiger Habich. Trotz Lores Stylingaktion fühlt Karline ihre Erscheinung angesichts der Personage, die die Vorstellung bislang bestreitet, verblassen. Sie ertappt sich dabei, nach jenem Mann Ausschau zu halten, dem sie offenbar dauerhaft zugeordnet wird. Sie vermeint sogar, Habichs Stimme zu hören, die vordringend, wie zu Lebzeiten, den Beweis seiner Unsterblichkeit erbringt. Karline überträgt ihre Existenz dieser Stimme. Sie kann nichts dagegen tun.

»Du guckst wie ein Frettchen«, raunt Lore der Freundin ins Ohr, »die Leute sind alle wegen dir hier. Du musst dein Publikum begrüßen, dich öffnen, dich zeigen!«

»Wo ist Eduard?«

»Keine Ahnung. Dieser Flegel! Er soll vor dir auf die Knie gehen, und zwar augenblicklich.«

An Stelle des Galeristen tritt Ziva Schlott auf: wallendes, in mehrerlei Rottönen arrangiertes Kleid, Korallenkette, gefärbtes Haar. In Zivas Gefolge ein paar Studenten der Malakademie. Der Beifall des Publikums gilt zunächst der Emerita. Als Ehrendozentin, Ausstellungskuratorin und Kunstkritikerin wird Ziva Schlott noch stets Aufmerksamkeit erwiesen. Zufrieden nimmt sie die Ehrbezeugung entgegen, auch wenn sie Stiche unter den Rippen spürt und das Herz verdächtig zappelt.

Ihre Begrüßung von Karline und Lore fällt herzlich aus. Das Dreigespann der Witwen, die am heutigen Tag das sie vereinende Grabesflair hinter sich gelassen haben, erfährt sich als feste Größe eines freundschaftlichen Bündnisses. Der Ausstellungssaal füllt sich. Nur Wettengel bleibt unauffindbar.

»Traut sich der Herr Galerist nicht, oder sollen wir ohne ihn beginnen?«, erkundigt sich Ziva heiter in die Publikumsrunde.

Raunen. Ratlosigkeit.

»Er erwartet noch einen *special guest*!«, vermutet jemand.

»Die Bundeskanzlerin?«, fragt ein Spötter.

Kichern. Tuscheln. Murren. Ein schmaler, vogelköpfiger Junge, der sich als Student geriert, klettert auf einen Stuhl und verkündet: »Irrtum! Liebe Gäste! Art oder Abart? lautet die Frage jeder Kunstepoche. Auch der unseren! Wir erwarten einen Fachmann. Nein, nicht unsere verehrte Frau Emerita Professora, sondern…«

Der Junge reckt den Schnabel in die Höhe, holt tief Luft und krächzt: »… erwartet wird kein Geringerer als unser Reichsminister für Popoganda und Volkskunst Doktor Joseph Klöppel!«

Die im Raum versammelten Studenten trampeln mit den Füßen.

»Was haben Sie eben gesagt?«, fährt Ziva Schlott den Vogelkopf an.

Keine Antwort.

Ziva: »Da leide ich wohl unter einem Hörfehler, oder?«

Keine Antwort. Unruhe im Saal.

»He, bewirb dich bei der Klöppelschule!«, empfiehlt jemand dem Provokateur.

Gelächter. Ziva nestelt in ihrem Gewand nach einem Kippchen. Sie darf hier nicht rauchen. Das weiß sie und sucht verzweifelt nach einem Surrogat zur Beruhigung. Karline Regenbein spürt, wie sich ätzende Scham in ihr breitmacht. Noch immer lässt Wettengel auf sich warten.

Lore flüstert Karline zu: »Ich sage doch: Das Leben kann so herrlich komisch sein. Oder irre ich mich?«

Zwanzig Minuten nach angekündigtem Ausstellungsbeginn öffnet sich die Bürotür und Eduard Wettengel tritt heraus. Sogleich haben ihn die drei Witwen sowie ein Schwarm Stammpublikumsdamen im Fokus: diesen kunstsinnigen Menschen, dem Lockenkranz, Mütze, Nasenhöcker sowie das gewichtige Brillengestell Unwiderstehliches verleihen, dessen an den Sakkoärmelsäumen hervorblitzenden, von Perlmuttknöpfen zusammengehaltenen Hemdbündchen ihn heute geradezu veredeln.

Als Erstes tritt der Galerist auf Frau Professor Schlott zu, um ihre Hand zu küssen, eine Geste, die sie mit gespielter Verlegenheit goutiert. Lore Müller-Kilian erfährt eine Umarmung, die sie eine Spur zu innig erwidert. Als sich die Hauptperson des Tages auf den Galeristen zubewegt, macht er einen Schritt zur Seite.

»Sei nicht böse, Karline«, murmelt er, »aber es ist besser, wir kennen uns hier nicht allzu persönlich.«

»Ich wollte dich nur begrüßen.«

»Natürlich. Ich freue mich, dass du hier bist. Dir sind enorme Arbeiten gelungen! Ich bin fasziniert.«

»Na«, frotzelt Lore mit Blick auf Eduards Manschettenknöpfe, »für wen hast du dich so fein gemacht?«

Eduard Wettengel wendet sich zum Publikum: »Meine Herrschaften! Entschuldigen Sie bitte die Verspätung. Ich musste noch einen wichtigen Anruf erledigen. Gleich geht es los.«

Er verschwindet abermals und taucht an einer Stelle in der Menge wieder auf, wo ihn Karline und Lore nur von weitem wahrnehmen.

»Kommt Doktor Klöppel noch?«, girrt der Vogelköpfige.

Studentenlachen. Murren im Publikum. Wettengel bittet um Ruhe und beglückwünscht die Galeriebesucher zum Erlebnis, das ihnen die Besichtigung der hier gehängten Exponate bereiten werde. Er bekräftigt den Stolz, der ihn, einen alten Hasen des Kunstbetriebs, in Anbetracht solch hinreißender Bilderwelt erfüllt und schließt mit den Worten: »Ich wünsche Ihnen spannende Entdeckungen. Da hinten steht übrigens die Künstlerin – Frau Regenbein! Sie ist später sicher bereit, auf Ihre Fragen zu antworten.«

Künstlerin nennt er sie. Frau Regenbein. Nicht Karline, wie sonst, wenn man sich begegnet. Applaus der

Künstlerin! Am liebsten hätte sie sich in einem ihrer Bilder aufgelöst, würde sie nicht typischen Lorebeistand erfahren: »Du weißt, Eduard kann sich nicht benehmen. Auch wenn er die teuren Knöpfe angezogen hat, die ich ihm geschenkt habe: Er bleibt ein gewöhnlicher Knabe. Sieh dir diese Idioten und Pfauen an! Keiner von ihnen hat je etwas zustande gebracht, behauptet es aber. Du hingegen machst nicht viel her, kannst aber etwas.«

»Eduard hat mich gesiezt.«

»Das ist dein Problem? Er ist ein Feigling. Mich kennt er auch nur, wenn ich ihm meine Kreditkarte zustecke. Glaube mir, er schleckt dich zwar nicht ab, wie er es mit seiner unwiderstehlichen Frau Professor tut, doch er schätzt dich. Du hast seine Komplimente gehört. Eduard kann gar nicht lügen. Er will sich nur nichts nachsagen lassen, deswegen ist er so klotzig.«

»Was sagt man ihm denn nach?«

»Ach, Kindchen!«

Der Gong ertönt. Eduard Wettengel führt Ziva Schlott zum Bühnenpodest, worauf sich ein aus Kunststoffröhren gefertigter Thron befindet. Etwas umständlich, doch zielgerichtet nimmt Ziva Platz. Direkt hinter ihr hängt das Gemälde, von dem aus das Lächeln des Meergottes ins Publikum zielt. Räuspern im Raum.

»Jetzt husten wir uns alle noch einmal tüchtig frei,

dann spielen wir gemeinsam das Spiel: Ich sehe was, was du nicht siehst«, beginnt Ziva ihre Rede.

Beifall, Gelächter. Zwar zuckt Zivas Zunge, und der Atem geht schwer, doch sie findet ihre Worte. Worte über die Welt der Kunst als letzter großer Freiheitsraum in einer ratiobesessenen Gegenwart. Von wunderbaren Nebenwelten doziert die Professorin und versucht, die Zuhörer in Karline Regenbeins Kosmos mitzunehmen.

»Schauen Sie genau hin. Was sehen Sie? Die Bilder sind Ihnen fremd? Sie rätseln an ihnen herum, obwohl Sie glauben, etwas zu erkennen? Kunst lehrt uns die Wirklichkeit verstehen, indem wir sie verlassen. Begeben Sie sich in diese Nebenwelt mit ihren extremen Gestalten, verstiegenen Ideen, zartesten Empfindungen, brutalster Zurückweisung, vollendeter Schönheit und Hässlichkeit. Zumutungen sind es, denen wir uns aussetzen müssen, um uns zu verändern.«

»Zumutung, jawohl!«, unterbricht eine Stimme im Saal.

Die Tür geht auf. Eine junge Frau in weißem Ganzkörpertrikot tänzelt herein. Sie trägt nichts weiter am Leib als dieses Trikot sowie einen Schleier, der ihr Gesicht bedeckt. Auch der Schleier ist weiß, zart durchsichtig, beinahe farblos. Die Menge öffnet sich vor der Frau.

»Verraten Sie mir bitte, wer Sie sind?«, will Wettengel wissen.

Keine Antwort. Die Frau dreht eine Pirouette, tänzelt auf Zehenspitzen voran. Vor der Bühne macht sie halt und verneigt sich vor Ziva Schlott. Beifall aus dem Publikum. Pfiffe. Abermals eine Verneigung.

»Möchten Sie zu mir heraufkommen und meinen Part übernehmen?«, erkundigt sich Ziva.

Die weiße Schleierfrau hebt die Hände und wedelt abwehrend mit ihnen. Gemurmel. Buhrufe. Wettengel versucht einzuschreiten: »Meine Dame, Sie hatten Ihren Auftritt, obwohl ich Sie nicht engagiert habe. Jetzt bitte ich Sie, Frau Professor Schlott mit ihrer Rede über Karline Regenbeins Arbeiten fortfahren zu lassen.«

»Was sagt denn unser Popogandaminister?«, platzt der Vogelköpfige heraus.

»Kunst ist Gunst und grunzt!«, lautet die Antwort einer seiner Kommilitonen.

Auf dieses Stichwort hin reißt sich die weiße Frau den Schleier vom Gesicht, und alle können sehen: Es ist mit rötlichen Flecken übersät und nur die Mundgegend von einem hellen Dreieck ausgespart. Eine eindrucksvolle Maske aus Rouge und Schminke. Jetzt zeigt die Performerin ihre himbeerrot gefärbte Zunge, greift sich an die Kehle, röchelt und rollt mit den Augen.

»Geht es Ihnen nicht gut?«, fragt Ziva mit knarrender Stimme vom Redethron herunter.

»Sie haben mich influenziert, Frau Professor!«

Im Saal skandieren Studenten: »Ro-te Lo-cken! Strep-to-kok-ken!«

Applaus. Protest. Gelächter. Ein scharfer Strahl zuckt über Ziva Schlott. Sie gibt sich unbeirrt. Sie will ihre Rede weiterführen, doch das Publikum hat bereits jeden Blick von Karline Regenbeins Bildern gewendet. Tumult.

»Verlassen Sie augenblicklich meine Galerie!«, befiehlt Wettengel.

Eine empörte Dame fordert, die Polizei zu alarmieren. Ein anderer Gast wendet sich mit eindringlicher Stimme an Wettengel: »Seien Sie doch nicht so empfindlich! Junge Talente haben ihre eigene Ansicht von Kunst. Das sollten Sie als Galerist heutzutage wissen. Regenbein, wer soll das sein? Geben Sie neuen, jungen Namen eine Chance, so wie Sie es früher getan haben.«

»Hilf mir«, fleht Ziva Schlott mit einer Stimme, die nur Wettengel zu hören vermag.

Noch einmal wendet sich der Galerist zu der vor der Bühne agierenden Frau: »Hören Sie auf. Gehen Sie. Ich bitte Sie.«

Beifall. Gelächter. Pfiffe. Doch nicht die Akteurin verlässt den Raum, sondern erste Besucher. Zivas Körper indes neigt sich auf dem Thron zur Seite, sodass es den Anschein erweckt, sie könne aus dieser schrägen

Lage besser verstehen, was in der Galerie Wettengel vonstattengeht.

Auch Karline Regenbein versteht nichts. Ebenso wenig wie Lore Müller-Kilian, die das Geschehen, trotz erweiterter Pupillen, in ihrer Bedeutung nicht zu fassen vermag.

»Ich muss mich unbedingt hinlegen«, haucht sie, bevor sie sich in der Ecke auf den Boden hockt, den Kopf an die Wand lehnt und die Augen schließt.

Niemand achtet auf sie. Auch Karline hat keine Zeit für die Schwäche der Freundin. Sie drängelt sich durch die Menge zu Wettengel, der sie hilflos und kleinstimmig empfängt. Er versucht eine Erklärung: Er könne nichts für diesen Unsinn. Karline solle ihm nicht böse sein, sondern Professionalität bewahren und sich ihrem Publikum zuwenden. Er greift nach ihrem Nacken. Einen Augenblick nur, wie versehentlich. Karline genügt es. Jojo! Sie schafft sich Platz, tritt auf die Wand zu, an der ihr mythisches Gemälde hängt, und legt alle Kraft in ihre Stimme: »Wenn Sie Fragen haben, bitte!«

Keine Fragen. Verhaltener Applaus. Wettengel zieht seine Mütze tiefer in die Stirn. Die Zeit wird müde. Die Hälfte des Publikums hat die Galerie bereits verlassen. Die Performerin, auf deren Gesicht allmählich die Schminke zerläuft, tänzelt Richtung Ausgang.

Noch immer sitzt Ziva schräg. Sie hustet in sich hinein. Es quält sie, dass sie an kein Kippchen mehr gelangt. Ihre Hände, wie von umbrabraunem Leder überzogen, flattern. Nur Karline scheint Zivas Leiden zu bemerken. Kurzerhand steigt sie zu ihr aufs Podest, fasst sie vorsichtig unter die Achseln und richtet sie auf. Dann steigt Karline wieder herab.

»Halleluja!«, ruft der Vogelkopf.

Letztes Lachen von irgendwem. Aus tränentrüben Augen starrt Ziva Schlott ins Publikum. Husten würgt sie, und Eduard Wettengel, der nicht weiß, was er tun, wie er den Spuk beenden soll, steht mit hängenden Armen und Hemdbündchen da, von denen sich die Manschettenknöpfe gelöst haben. Jetzt erst fällt sein Blick auf Witwe Nummer drei: Lore Müller-Kilian. Bewusstlos hockt sie in der Ecke auf dem Boden, und die Gäste, die sie bemerken, denken: peinlich, peinlich, diese aparte Frau!

»Ich muss mich um Ziva kümmern«, sagt Wettengel zu Karline, »und ich flehe dich an: Schaff mir Lore aus den Augen.«

»Sie wird heute sechsundsiebzig«, verrät Karline.

Er hebt seine alte Professorin vom Thron. Ihr in weiten Kleidern versteckter Leib liegt krumm und leicht in Eduards Armen. Er riecht die Farbe ihres Haares: Caput mortuum. Der Husten ist verklungen.

Als der Notarztwagen eintrifft, erkundigt sich der Sanitäter nach den Angehörigen der betroffenen Person.

»Sie hat nur mich«, sagt Eduard Wettengel.

24

Ostern fällt dieses Jahr auf Ende März. Elf Uhr dreizehn. Nachgiebig still ist der Himmel, als würde am Gründonnerstag tatsächlich jedwede Daseinsform von Sünden freigesprochen.

Der Trauerzug, der von der Friedhofskapelle den Hauptweg entlang sich Richtung Kriegsgräberstätte bewegt, zählt über hundert Leute. Freunde, Vertreter der Malakademie, Alumni sowie Gesandte aus Kunst, Politik und Presse geben Frau Professor Ziva Schlott das letzte Geleit. Zwei Polizisten laufen, wie Hütehunde, um den Zug herum. Niemand verlässt den Weg. Eduard Wettengel trägt die Urne. Seine Schritte sind schleppend, die Brillengläser innen beschlagen. Begleitet wird Eduard von Karline Regenbein und Lore Müller-Kilian. Lore trägt ihren Hut, von dem sich schon vor längerer Zeit Federn, Perlen und Blütendekor gelöst haben. Auch das Bienentuch ist gealtert. Karline trägt die schwarze Seidenjacke, die sie von Lore zur Restaurierung ihrer äußeren Erscheinung vermacht bekommen hat. Karline fröstelt. Seit Zivas

Tod geht ihr deren Rede im Kopf herum. Die kluge Analyse des Regenbein'schen Œuvres will sich bei ihr in keinen Stolz verwandeln. Alles an diesem Tag war zu viel, zu anachronistisch, mit falscher Bedeutung aufgeladen. Hätte die Retrospektive *Regenbeins Farben* nicht stattgefunden, denkt Karline, würde Ziva noch leben.

PROF. DR. PHIL. ZIVA SCHLOTT, GEB. SCHARLACH. Die Lettern auf dem provisorischen Schild weisen dem Trauerzug die Richtung. Es ist dieselbe Stelle, an der PROF. DR. SC. OEC. HARTWIG SCHLOTT begraben liegt. Jemand hat den Efeu gestutzt. Jemand hat den zerstörten Stein zur Reparatur gebracht. Elf Uhr sechsunddreißig. Von oben aus der Luft tönt vielmotoriges Rattern. Kein Jet, kein Transportflugzeug, kein Helikopter durchbricht die vorösterliche Stille. Drei Flugzeuge sind es, die tiefer als sonst anlandende Maschinen und dicht nebeneinander fliegend ihr Ziel ansteuern. Die Gesellschaft der Trauernden wird unruhig, als ob etwas zu befürchten sei. An Heck und Rumpf tragen die Flieger schwarze Kreuze sowie die Bezeichnungen Fw 190, Mw 210, Ju 88 – drei Oldtimer, dem Museum entkommen, die sich auf dem Weg zu einer Flugschau befinden oder einfach nur ausgeflogen werden müssen, weil es ihr historisches Alter im Kampf gegen den Rost befiehlt.

Elf Uhr fünfundvierzig. Die Urne wird in der Erde

versenkt. Es dauert, bis der letzte Trauernde von Ziva Abschied genommen hat. Sand, Blumen, Kränze, Zigaretten aufs Grab. Jemand singt die Internationale. Jemand zitiert das Vaterunser. Ich wünsche keine Rede!, steht im Testament der Verstorbenen. Eduard verabschiedet sich von Ziva mit weißen Narzissen. Karline hat eine kleine Bleistiftzeichnung verfertigt. Diese legt sie statt Blumen am Grab nieder. Lore bricht in Schluchzen aus. Sie zieht den Hut vors Gesicht. Es schüttelt sie etwas, was nicht als Schmerz auszumachen ist; keine gewöhnliche, einem Verlust erwachsende Trauer. Ungehemmte Leidenschaft des Leidens bricht aus Lore, und nur sie kennt deren Quelle. Jemand fragt: Wer ist diese Frau? Jemand antwortet: Das weiß der Himmel.

Der Himmel bleibt still. Eduard zieht Lore vom Grab weg.

»Es tut mir leid, dass alles so gekommen ist«, sagt er.

Er reicht ihr sein Taschentuch. Lore schnäuzt sich, präsentiert Eduard den blutigen Schnodder.

»Von der scharlachroten Ziva zur blutroten Lore – du hast einen guten Geschmack, Wettengelchen!«

»Und du hast deinen Geschmack komplett verloren. Du bist krank.«

Empört wendet sich Eduard von Lore ab. Karline steht vor ihm. Er schlägt die Augen nieder.

In der Kantine der Malakademie wird Beerdigungskuchen gereicht. Der Studentenvertreter ruft: *Fröhliches Feiern!* Eduard wollte der Gesellschaft nicht folgen, und doch hat er es getan. Anstand und Gehorsam, die strengen Gebieter, haben seinen Willen erweicht. Wenigstens gelingt es Eduard, Karline und Lore niemandem als seine Privatbegleitung vorstellen zu müssen. Er absentiert sich von ihnen, taucht unter im Lärmen jener Leute, die in zahlreichen Schnurren das Wirken von Frau Professor Schlott hochleben lassen. Als der Nachmittag herannaht, stellt Lore Müller-Kilian Eduard Wettengel zur Rede: Warum er seine Freundinnen verleugne, ob sie ihm peinlich seien, zu gering für die Akademikerclique? Karline, behauptet Lore, trauere regelrecht, da sie sich von ihrem Galeristen verlassen fühle.

»Es ist ein Missverständnis«, wehrt Eduard ab, »ich kann es nicht erklären. Außerdem bin ich schon viel zu spät. Ich habe anderweitig zu tun.«

»Wer ist denn die Glückliche?«

Kopfschüttelnd verlässt Eduard den Raum.

Drei Wochen nach Eröffnung von *Regenbeins Farben* ist gerade mal ein Bild verkauft: ein bitumengrundiertes Habich-Portrait, das eine Schmuckladenbesitzerin an ihren toten Vater erinnert, der unter Tourettesyndrom gelitten hat. Das Bild sei ein Versuch, ihre demente Mutter zu beglücken, verriet sie dem Galeristen.

Eduard Wettengel sitzt im Büro und lauscht dem Klacken des Sekundenzeigers der Wanduhr. Nur noch zwei Wochen werden die Bilder hängen. Eduard vermutet die Ursache der Umsatzflaute in der Befremdung, die Zivas unglückseliges Ende bei der potenziellen Käuferschaft ausgelöst hat. Die Presse hatte sich lediglich auf den Skandal bezogen, der die Vernissage begleitete. Kein einziges Mal wurde die Qualität der Exponate erwähnt, hingegen das studentische Happening ausführlich beschrieben und dessen Ausgang als Untergangssymptom der Kunst gedeutet. Im Internet wurde eine Charta gegen antisemitische Verhöhnung verfasst und in Umlauf gebracht. Eine gegnerische Gruppe konterte mit einem Aufruf für »Meinungsfreiheit und Zeitgenossenschaft«. Der »Verein gendergerechter Blick-Wechsel« beschwerte sich über Karline Regenbeins mythisches Bild, dem er »unverhohlen sexistische Ausdrücke des Meergottes« unterstellte, und weil die Künstlerin ihn »eindeutig männlich dargestellt« habe. Man forderte die Übertitelung des Bildes: Thalassa statt Neptun.

Wenigstens hat mich bisher niemand auf dem Schinken erkannt, tröstet sich Wettengel und überlegt, die Preise für Karlines Bilder herunterzusetzen.

Da klopft es an der Tür. Ohne Aufforderung betreten sie das Büro: Lore Müller-Kilian und Karline Regenbein. Lore stellt eine Flasche Veuve Clicquot Brut Magnum auf den Tisch.

»Frieden?«

»Ich habe zu tun«, sagt Eduard.

Müde blickt er, leer, ohne eine Spur Freude, welche die Frauen von ihm erwarten.

»Ich ... ich ... habe auch ... zu tun«, stottert Karline.

Unversehens macht sie kehrt, wird von Lore eingefangen und zurück an ihren Platz gebracht.

»Nun bleib mal schön bei der Herde«, sagt Lore, »was heißt das: Ihr habt zu tun? Davon merke ich nichts. Und ihr merkt nicht, dass sich um euch herum etwas tut. Aufwachen! Es ist Gewaltiges geschehen!«

»Bitte erspare uns weitere Dramen«, murmelt Eduard.

»Ich habe das Bild gekauft!«, gibt Lore kund und, als wäre diese Tat einem gemeinsamen Komplott erwachsen, fügt sie hinzu: »Ihr wisst schon, welches.«

»Du bist übergeschnappt«, erwidert der Galeriebesitzer, die Champagnerflasche von sich schiebend.

Karline, deren Pein von Sekunde zu Sekunde wächst: »Lore, du musst nicht lügen. Wenn das Bild kein anderer kaufen will, schenke ich es dir.«

»Mach dich nicht lächerlich. Du nimmst, was dir zusteht. Bitte schön!«

Lore legt eine Überweisungskopie über dreißigtausend Euro neben die Flasche.

»Bezahlt ist bezahlt. Wann wird geliefert?«

Eduard tritt hinterm Tisch hervor. Mit seinen fast einen Meter neunzig und seinem Leib, der nach Jahren kraftzehrender Trauer in seine füllige Form zurückgefunden hat, baut er sich vor den Besucherinnen auf.

»Komm schon«, sagt Lore.

Sie greift Karlines Hand und drückt sie auf jene Stelle von Eduards Jackett, hinter der sie seine Brieftasche vermutet. Karline spürt seinen Herzschlag als Kontrapunkt.

»Ich möchte, dass ihr jetzt geht«, stößt Eduard hervor, »das ist kein faires Geschäft.«

Das Klacken der Uhr. Die eilende Stille zwischen den Sekunden. Geht! geht! geht! Da ergreift Karline das Wort: »Du nennst mich unfair, Eduard? Warum? Ich kann nichts dafür, dass sich meine Bilder nicht verkaufen. Ich habe mich nicht hier hineingedrängt, keine Wunder versprochen, keinen Erfolg für niemanden. Du kennst mich seit Jahren. Ich habe dich nie betrogen. Du selbst hast dich für mich entschieden.«

»Karline, ich habe mich für deine Ausstellung entschieden. Dazu stehe ich. Deine Bilder sind gut.«

Lore hakt ein: »Dumm nur, dass kein Mensch außer mir eins erwerben will, hab ich recht? Sie sind allesamt altmodisch, weiblich, versponnen, kurz: weder anlage- noch wohnzimmertauglich. Und sie machen dem gewöhnlichen Menschen Angst – huh!«

»Sei nicht albern, Lore. Ich habe versprochen: Ich stehe zu dieser Ausstellung. Egal, ob ich daran verdiene oder nicht.«

»Wir verdienen alle daran. Ihr Geld, ich Freude. Das ist perfekt, und mehr kann ich für euch nicht tun. Darauf nehmen wir einen Witwentrunk!«

Lore lässt den Korken knallen. Abermals drängt es Karline zur Tür. Diesmal wird sie von Eduard zurückgehalten: »Du kannst mich jetzt nicht mit ihr allein lassen.«

»Warum nicht?«

»Darum!«, ruft Lore übermütig.

Schon hat sie Gläser aus dem Büroschrank geholt und beauftragt Eduard, ihr beim Einschenken zu helfen.

»Du lässt ja doch nicht locker«, sagt er.

Mit vereinter Kraft heben Lore und Eduard die Magnumflasche hoch. Gleich einer Bombe liegt sie in ihren Händen. Karline sieht, wie Eduards Finger Lores Finger berühren, zufällig, oder im Einvernehmen mit dem Gesetz des Zufalls, der am richtigen Ort zur richtigen Zeit einen Knoten im Lebenslauf zerschlägt.

»Auf uns!«

»Auf uns!«

»Auf uns und auf Ziva!«, ruft Karline.

Sie trinkt ein halbes Glas. Auf mich!, denkt sie. Es wird fröhlich in Wettengels Büro. Man redet, schäumt über im Reden, und Gedanken schießen schräg durch die Köpfe. Lore erzählt die Episode, in der sie früher, als sie noch kein eigenständiger Mensch war, Eduards Lächeln kaufen wollte.

»Es war unbezahlbar!«, schwärmt sie. »Ich wollte es haben. Ich wollte es mit nach Hause nehmen und es jeden Tag betrachten. Doch mein Herr Gatte, Gott habe ihn selig, war ein Geizknochen ohne übersinnlichen Verstand. Schließlich hast du es mir geschenkt, nicht wahr, König Edward?«

Lore führt das Glas zum Mund, nimmt einen großen Schluck, und der Champagner spritzt aus ihren Nasenlöchern. Prustend, mit vorgehaltenem Taschentuch, verschwindet Lore auf die Toilette.

Karline und der Galerist sind allein im Büro. Sie schweigen. Eduard blickt in eine Ferne, an deren Geheimnis er Karline nicht teilhaben lässt. Jede stumme Sekunde mahnt sie zum Aufbruch. Schließlich schaltet Eduard den Ton wieder ein: »Wo Lore wohl so lange bleibt?«

»Keine Sorge, sie macht sich nur frisch«, vermutet Karline.

Eduard stutzt. Als verfolge er einen besonderen Zweck, will er zum wiederholten Male wissen, wie alt

Lore eigentlich wirklich sei. Siebzig finde er übertrieben! Er trinkt sein Glas aus, gießt erneut ein, trinkt. Er blickt an Karline vorbei durch die offene Bürotür in den Ausstellungsraum. Kein Besucher, keine Kundschaft. Weitere Schweigeminuten, die nun von Karlines Stimme durchbrochen werden: »Ich mache mich jetzt auf den Heimweg.«

Eduard nickt. Kein Widerspruch. Keine seiner höflichen Lügen, etwa eine solche, wonach er Karlines Aufbruch bedauere. Witwe Clicquot lässt Eduard schwanken. Da erhebt sich Karline und fragt: »Wirst du mein Bild an Lore verkaufen?«

»Sie hat es bezahlt. Das ist in Ordnung. Du und ich müssen von etwas leben. Also reden wir nicht weiter drüber. Im Übrigen passt das Bild zu unserer Freundin. Die Farben, die Energie der Bewegungen, deine Fantasie. Lore hat ein Faible dafür. Kann es sein, dass du sie sogar portraitiert hast?«

»Alles Mögliche kann sein, wenn man sehen will.«

»Das hast du schön gesagt, Karline. Ich danke dir.«

»Wofür?«

»Für dein Verständnis, für deine Geduld mit mir. Morgen überweise ich dir deinen Anteil. Fünfzehntausend! Damit schaffst du's einmal um die halbe Welt.«

Karlines Atem stockt wie die Zeit. Du und ich müssen von etwas leben. Sie stellt Eduard eine letzte Frage: »Kommst du mit?«

»Ich muss mich um Lore kümmern«, sagt er.

Noch fühlt sich Karline stillgelegt vom Abschied, den sie selbst vollzogen hat. Seit Tagen sind Farben, Leinwand und Papier fortgeräumt. Die Staffelei steht im Keller. Karline vermag nicht mehr zu tun, als auf dem Bett liegen und zur Decke blicken. Zwischen den Armen des Glaslüsters hängen Netze, in denen Insektenhüllen und Spinnenhäute zittern. Etliche Glasprismen sind zerbrochen, die Hälfte der Glühbirnen kaputt. Ein Riss geht durch den Putz. Am Fenster rüttelt der April.

25

Karfreitag. Keine Wolke. Aus dreitausend Fuß Höhe sieht Karline Regenbein des Friedhofs dünnblättriges Grün.

Fünfzehn Uhr drei. Anklang der Glocken im Scheideläuten. Grollen, Dröhnen, pfeifende Luft. Eduard Wettengel richtet seinen Blick nach oben.

Karline erkennt ihn sofort. Seinen Kopf mit Wollmütze, unter deren Nackenrand, harschgrau wie Altschnee, der Lockenkranz hervorquillt. Die schwere Brille, die Jacke, die losen Hemdbündchen. Und: Eduard ist nicht allein vor Ort.

Durch die dicken Brillengläser buchstabiert er am Rumpf der Boeing auf blauem Grund die weißen Lettern: *Dreamliner*.

Sie träumt, sie fliegt. Der verschleierte Horizont. Auf der Erde als dunkler Punkt von oben aus betrachtet:

die Grabstätte RÜDIGER HABICH. *Ich weiß, wo du bist*. Nichts weißt du, sagt Karline.

Die Maschine befindet sich kurz vorm Steigflug, sodass im Cockpit deutlich Pilot und Copilot erkennbar sind. Eduard zeigt der Person neben sich die Entdeckung der Nähe in der Ferne, indem er mit ausgestrecktem Arm zum Himmel weist. Sieh dir an, wie tief sie hier fliegen, sagt er.

Beim Einziehen des Fahrwerkes rumpelt es. *Fasten your seat belts, please!* Karline drückt ihr Gesicht gegen das Fenster. Fünftausend Fuß über der Erde. Das Paar unter ihr wird kleiner und kleiner. Karline weiß nicht, wer die fremde Person an Eduards Seite ist. Auf keinen Fall Lore. Für Lore ist sie zu geduckt, zu farblos, zu unbeweglich. Auch bleibt unklar, ob es sich bei Eduards Begleitung überhaupt um eine Frau handelt oder um einen Mann, um einen Freund, einen Kunden, eine Wettererscheinung, um ein Wer-Tier oder ein Wesen aus Karlines eigener unwirklicher Welt, die ihr, als letzter Blickpunkt, den Abschied gibt.

Eduard lässt den Arm sinken und schirmt seine Augen mit der Hand ab.

Im Inneren der Maschine rauscht es. Karline erkennt genau: Eduard, während er zu ihr aufblickt, drückt den Kopf der fremden Person an seine Brust und umschließt sie mit beiden Armen, als müsse er sie vor Donnerschall bewahren. Danach hört Karline Regenbein nichts mehr.

Länger als bei seinen üblichen Friedhofsbesuchen hält Eduard Wettengel den Blick zum Himmel gerichtet. Fünfzehn Uhr sechs. Der letzte Glockenschlag. Stille. Behutsam löst sich Eduard von dem, das bei ihm Schutz sucht. Etwas liegt in der Luft, was noch immer Aufmerksamkeit erregt. In hinterster Ferne, dort wo der Horizont über den Sichtrand kippt, erblickt Eduard ein Ding, das von links oben in schrägem Flug seine vorgegebene Richtung ändert. Hochfliegend ins Meer oder abstürzend ins All, ein Flugzeug, ein Stern, ein Vogel, wer weiß.

Sämtliche Personen, Begebenheiten, Kunstwerke
und Schauplätze sind erfunden.

Sollte diese Publikation Links auf Webseiten Dritter enthalten,
so übernehmen wir für deren Inhalte keine Haftung,
da wir uns diese nicht zu eigen machen, sondern lediglich auf
den Stand zum Zeitpunkt der Erstveröffentlichung verweisen.

Dieses Buch ist auch als E-Book erhältlich.

Verlagsgruppe Random House FSC® N001967

1. Auflage
Luchterhand Literaturverlag, München,
in der Verlagsgruppe Random House GmbH
Neumarkter Str. 28, 81673 München
Copyright © 2020 Luchterhand Literaturverlag
Umschlaggestaltung: buxdesign | München
unter Verwendung eines Motivs von © Getty Images/ibusca
Satz: Uhl + Massopust, Aalen
Druck und Einband: Friedrich Pustet, Regensburg
Alle Rechte vorbehalten.
Printed in Germany
ISBN 978-3-630-87601-6

www.luchterhand-literaturverlag.de
www.facebook.com/luchterhandverlag
www.twitter.com/luchterhandlit